Kâlidâsa, Adolf Friedrich Stenzler

Meghadûta der Wolkenbote

Kâlidâsa, Adolf Friedrich Stenzler

Meghadûta der Wolkenbote

ISBN/EAN: 9783743693456

Hergestellt in Europa, USA, Kanada, Australien, Japan

Cover: Foto ©Andreas Hilbeck / pixelio.de

Weitere Bücher finden Sie auf **www.hansebooks.com**

Meghadûta
der Wolkenbote.

Gedicht

von

Kâlidâsa

mit

kritischen Anmerkungen

und

Wörterbuch

herausgegeben

von

Adolf Friedrich Stenzler.

Breslau.
Max Mälzer's Hofbuchhandlung.
1874.

Vorrede.

Das Bedürfniss einer leicht erreichbaren Ausgabe des *Meghadûta* zum Gebrauche in meinen Vorlesungen hat mich zu einer neuen Bearbeitung desselben veranlasst. Bei dem blossen Abdrucke eines der vorhandenen Texte konnte ich es aus nahe liegenden Gründen nicht bewenden lassen. Seit der Erscheinung von Mallinâtha's vollständigem Commentare, und der reichen Mittheilungen aus anderen Commentaren in Içvaracandra's Ausgabe des Gedichtes ist die kritische Frage in ein neues Stadium getreten. Kâlidâsa's *Raghuvaṃça* und *Kumârasambhava* sind bis jetzt erst in der Gestalt herausgegeben, in welcher Mallinâtha*) sie vorfand. Für

---

*) Mallinâtha's vollständiger Name lautet in den Devanâgarî Handschriften und Drucken gewöhnlich: Mahopâdhyâya Kolâcala Mallinâtha Sûri; in der Handschrift des Commentar's zum *Kirâtârjunîya*, Chambers 430, Kolacala; in der Telugu Ausgabe des *Meghadûta*, Madras 1859 (s. u. t) auf dem Titel und am Schlusse: Kolacela, in der Mitte, p. 49, Kolacala; in Wm. Taylor's Catalogue raisonné of Oriental Manuscripts in the Library of the (late) College, Fort Saint George (Vol. I—III. Madras 1857—1862) immer Kolacela. Nach Taylor 1, 298. 437. 2, 270. 273. war er ein Telugu Dichter und hiess eigentlich Pedda Bhatta. Da *pedda* im Telugu „gross" bedeutet, so möchte man eher vermuthen, dass Pedda Bhatta nur der Telugu Ausdruck für Mahopâdhyâya sei. Dass Mallinâtha nicht vor dem 14. Jahrhundert lebte, haben Aufrecht (Catal. Bodl. p. 113) und Burnell (*Vaṃçabrâhmana* p VII.) nachgewiesen. Er schrieb Commentare zu folgenden Gedichten: 1) zum *Raghuvaṃça, Kumârasambhava* und *Meghadûta*, unter dem Titel *Sañjivanî* (Çiç. 13, 24: *Kâlidâsa-traya-sañjivanî*); 2) zum *Kirâtârjunîya*, u. d. Tit. *Ghaṇṭâpatha*; 3) zum *Çiçupâlavadha*, u. d. Tit. *Sarvankashâ*; 4) zum *Naishadhîya* u. d. Tit. *Jîvâtu* (s. Taylor 1, 194. 456. 2, 303.; 5) zum *Amara-Kosha* u. d. Tit. *Amara-padapârijâta* (? Taylor 2, 123 schreibt *Amara pata parijatam*). Als Dichter wird ein Mallinâtha, wahrscheinlich doch wohl derselbe, erwähnt in Ballâla's *Bhojaprabandha* aus dem 16. Jahrhundert (Aufrecht, Catal. Bodl. 150, b). Von eigenen Gedichten Mallinâtha's habe ich bis jetzt keine Spur gefunden.

Ein Sohn Mallinâtha's, Kumârasvâmin, schrieb einen Commentar zu Vidyânâtha's *Pratâparudra-yaçobhûshaṇa (Pratâparudrîya)*, unter dem Titel *Ratnâpaṇa* (Taylor 2, 25), in Telugu Schrift gedruckt Madras 1868. In der Unterschrift der einzelnen Abschnitte nennt er sich *Kolacala-Mallinâtha-Sûri-sûnu* und *Peddayâryasyânuja*. Wilson (Mack. Coll. 1, 115. LVII.) erwähnt einen Commentar zu demselben Werke, mit dem Titel *Ratnâkâra* (!) „*by* Kulâchala Vedâcharya *the son of Mallinâtha*".

Ein anderer Sohn Pedda Bhaṭṭa's, Viçveçvara, war nach Taylor 2, 255 Vf. eines Werkes *karma vibhâga (vipâka?)*.

die ersten Ausgaben beider Gedichte mochte die Wiedergabe der durch seinen Commentar gesicherten Recension genügen. Eine gereiftere Kritik wird dabei nicht stehen bleiben können, sondern auch die von anderen Scholiasten überlieferten Recensionen heranziehen müssen. Vom *Meghadûta* haben wir durch Içvaracandra neben Mallinâtha's Recension auch die Recensionen mehrerer anderer Scholiasten kennen gelernt, und man wird seiner Ansicht beistimmen müssen, dass die letzteren, wenn sie auch im Ganzen gegen Mallinâtha zurückstehen, doch oft Lesarten darbieten, welche deutlicher das Gepräge von Kâlidâsa's Geist und Ausdrucksweise tragen, als diejenigen, welche Mallinâtha überliefert hat. Dazu kommt, dass sich der Umfang des Textes, welchen Mallinâtha wirklich vor Augen hatte, noch nicht mit Sicherheit bestimmen lässt. Manche Handschriften seines Commentares enthalten Strophen, welche in anderen fehlen, und wenn einige dieser Strophen, aber doch nicht alle und nicht in jeder Handschrift, ausdrücklich als unächt (*prakshipta*, eingeschoben) bezeichnet sind, so ergiebt sich daraus, dass auch sein Commentar von späteren Abschreibern interpolirt worden ist[*]. Durch diese Umstände bin ich in der Kritik auf den subjectiven Standpunkt hingedrängt worden, dessen Unsicherheit ich lebhaft empfinde, und kann daher meinen Text nur mit Vorbehalt darbieten. Seinem praktischen Zwecke wird er zunächst genügen.

Die Hülfsmittel, welche ich benutzen konnte, sind folgende:

B: Text der bengalischen Handschrift in Paris (CLXXII).

Bh: Bharata Mallika's Commentar (*Subodhâ*).

C: Text der Devanâgarî Handschrift in Berlin (Chambers 152).

D: Text der Devan. Handschr. in Paris (XLIV).

H: Text der bengal. Handschr. in Kopenhagen.

Har: Haragovinda Vâcaspati's Comm. *(Sangatâ).*

K: Kalyânamalla's Commentar (*Mâlatî*).

M: Mallinâtha's Commentar (*Sañjivanî*).

R: Râmanâtha Tarkâlankâra's Commentar (*Muktâvalî*).

S: Sanâtana Gosvâmin's Commentar (*Tâtparyadîpikâ*).

---

[*] Vergl. F. Hall in der Vorrede zur *Vâsavadattâ* p. 3, der deshalb auch von "*Mallinâtha or his counterfeit*" spricht.

b: Text mit Mall. Benares 1924 (1868). Lithogr.
c: Text mit Mall. Calcutta 1851.
g: Text in Gildemeister's Ausg. Bonn 1841.
î: Içvarakrishna Vidyâsâgara's Ausgabe, Text mit Mall. Vorrede (bengalisch) und Anm. Calcutta 1869. VII. 148 pp. 8.
k: Text im *Kâvyasangraha* von Dînanâtha Nyâyaratna. Calcutta (1869). p 100—122.
t: Text mit Mall. in Telugu Schrift. (Madras) *siddhárthι sam* (d. i. 1859).
w: Wilson's Ausgabe, Calcutta 1813 und 3. Ausg. von Francis Johnson. London 1867.

Ich habe vorzugsweise die Lesarten berücksichtigt, welche Mallinâtha und die anderen Scholiasten darbieten, die letzteren nach den Angaben in î, für deren Vollständigkeit ich nicht einstehen kann. Die Benutzung von î verdanke ich Brockhaus. In Bopp's Auszügen aus den Scholiasten, welche Schütz bei seiner Uebersetzung benutzte, scheinen öfter die Namen der Scholiasten verwechselt zu sein (vgl. 35, c). Die Lesarten von BDH habe ich aus g genommen. C hat Dr. Pischel für mich verglichen, dem ich auch für die Mittheilung von b und t und für sehr willkommene Unterstützung bei der Correctur zu herzlichem Danke verpflichtet bin.

Mallinâtha nennt zwei Vorgänger in der Erklärung unseres Gedichtes, Nâtha und Niruktakâra, deren ersten er auch im Commentare zum *Raghuvamça* und *Kumárasambhava* erwähnt. Içvarakṛishṇa erhielt, als seine Anmerkungen schon gedruckt waren, noch einen Commentar von Makaranda Bhaṭṭâcârya (*Saudámaní*), dessen Lesarten und Erklärungen meistens mit BhHarRS übereinstimmen. — Bühler erwähnt in seinem Catalogue of MSS. from Gujarât, No. 2. p. 98 einen Commentar zum *Meghadúta* mit dem Titel *Cintámaṇi* und einen anderen von Vallabha, und in seinem Berichte aus Surat vom 30. Aug. 1872 einen Jaina Commentar (*avacúri*). — Johnson hat in sein Vocabular, ausser den Erklärungen der anderen Scholiasten, auch die eines Jaina Commentars, welcher F. Hall gehörte, aufgenommen, leider ohne anzugeben, von welchem Scholiasten die einzelnen Erklärungen herrühren. Derselbe erwäbnt noch einen anderen Jaina Commentar, welchen F. Hall benutzt hatte. — Rechnen wir hiezu die sehr wünschenswerthe Vergleichung der tibetanischen Uebersetzung des *Meghadûta* im *Tandjur*, so glaube ich die Hauptmomente angegeben zu haben, welche bei der ferneren Kritik unseres Gedichtes ins Gewicht fallen dürften.

Mein Wörterbuch enthält bei jedem Worte die Angaben aller Stellen. Für einzelne Wortbedeutungen, welche von denen des Petersburger Wörterbuches abweichen, hoffe ich auf Böhtlingk's Beistimmung.

Nachdem Max Müller durch seine, in Form und Ausdruck so geschmackvolle Uebersetzung (Königsberg 1847) unser Gedicht einem grösseren Kreise zugänglich gemacht, hat niemand das gründliche Verständniss desselben bis in die kleinsten Einzelheiten mehr gefördert, als Dr. C. Schütz durch seine prosaische Uebersetzung (Bielefeld 1859). Seine vortrefflichen Anmerkungen haben es mir leichter gemacht, von einem ausführlichen sachlichen Commentare abzusehen, zu welchem das Gedicht nur zu reiche Veranlassung giebt, dessen nothwendige Ausdehnung aber dem praktischen Zwecke meiner Ausgabe hinderlich geworden wäre. An wenigen Stellen, in welchen meine von der seinigen abweichende Auffassung nicht schon aus dem Wörterbuche zu entnehmen ist, habe ich eine erklärende Anmerkung beigefügt.

Unser Gedicht wird in vielen Handschriften und in Mallinâtha's Commentar in zwei Theile getheilt, *pûrvamegha* und *uttaramegha*, von denen der erste mit çl. 63 meines Textes schliesst. Der Titel desselben ist bei Mallinâtha und, wie es scheint, besonders in den südlichen Handschriften, nicht *meghadûta*, sondern *meghasandeça* „die Wolkenbotschaft." Ich sehe keinen Grund, diese Benennung anzunehmen, sondern sende es unter dem durch die Tradition des Nordens gesicherten und bei uns eingebürgerten Namen als „Wolkenboten" in die Welt, mit dem Wunsche, dass es auch in dieser neuen Gestalt wohlwollende Aufnahme finden möge.

Breslau, den 9. Mai 1874.

Adolf Fr. Stenzler.

कश्चित्कान्ताविरहगुरुणा स्वाधिकारात्प्रमत्तः
शापेनास्तङ्गमितमहिमा वर्षभोग्येण भर्तुः ।
यक्षश्चक्रे जनकतनयास्नानपुण्योदकेषु
स्निग्धच्छायातरुषु वसतिं रामगिर्याश्रमेषु ॥ १ ॥

तस्मिन्नद्रौ कतिचिदबलाविप्रयुक्तः स कामी
नीत्वा मासान्कनकवलयभ्रंशरिक्तप्रकोष्ठः ।
आषाढस्य प्रथमदिवसे मेघमाश्लिष्टसानुं
वप्रक्रीडापरिणतगजप्रेक्षणीयं ददर्श ॥ २ ॥

तस्य स्थित्वा कथमपि पुरः कौतुकाधानहेतो-
रन्तर्बाष्पश्चिरमनुचरो राजराजस्य दध्यौ ।
मेघालोके भवति सुखिनोऽप्यन्यथावृत्ति चेतः
कण्ठाश्लेषप्रणयिनि जने किं पुनर्दूरसंस्थे ॥ ३ ॥

प्रत्यासन्ने नभसि दयिताजीवितालम्बनार्थं
जीमूतेन स्वकुशलमयीं हारयिष्यन्प्रवृत्तिम् ।
स प्रत्ययैः कुटजकुसुमैः कल्पितार्घाय तस्मै
प्रीतः प्रीतिप्रमुखवचनं स्वागतं व्याजहार ॥ ४ ॥

॥ मेघदूतः ॥

धूमज्योतिःसलिलमरुतां सन्निपातः क्व मेघः
सन्देशार्थाः क्व पटुकरणैः प्राणिभिः प्रापणीयाः ।
इत्यौत्सुक्यादपरिगणयन्गुह्यकस्तं ययाचे
कामार्ता हि प्रकृतिकृपणाश्चेतनाचेतनेषु ॥ ५ ॥

जातं वंशे भुवनविदिते पुष्करावर्तकानां
जानामि त्वां प्रकृतिपुरुषं कामरूपं मघोनः ।
तेनार्थित्वं त्वयि विधिवशाद्दूरबन्धुर्गतो ऽहं
याच्ञा मोघा वरमधिगुणे नाधमे लब्धकामा ॥ ६ ॥

सन्तप्तानां त्वमसि शरणं तत्पयोद प्रियायाः
सन्देशं मे हर धनपतिक्रोधविश्लेषितस्य ।
गन्तव्या ते वसतिरलका नाम यक्षेश्वराणां
बाह्योद्यानस्थितहरशिरश्चन्द्रिकाधौतहर्म्या ॥ ७ ॥

त्वामारूढं पवनपदवीमुद्गृहीतालकान्ताः
प्रेक्षिष्यन्ते पथिकवनिताः प्रत्ययादाश्वसत्यः ।
कः सन्नद्धे विरहविधुरां त्वय्युपेक्षेत जायां
न स्यादन्यो ऽप्यहमिव जनो यः पराधीनवृत्तिः ॥ ८ ॥

मन्दं मन्दं नुदति पवनश्चानुकूलो यथा त्वां
वामश्चायं नदति मधुरं चातकस्ते सगन्धः ।
गर्भाधानक्षणपरिचयान्नूनमाबद्धमालाः
सेविष्यन्ते नयनसुभगं खे भवन्तं बलाकाः ॥ ९ ॥

॥ मेघदूतः ॥

तां चावश्यं दिवसगणनातत्पराम्‌ एकपत्नी-
मध्यापन्नामविहतगतिर्द्रक्ष्यसि भ्रातृजायाम्‌ ।
आशाबन्धः कुसुमसदृशं प्रायशो ह्यङ्गनानां
सद्यःपाति प्रणयि हृदयं विप्रयोगे रुणद्धि ॥ १० ॥

कर्तुं यच्च प्रभवति महीमुच्छिलीन्ध्रामवन्ध्यां
तच्छ्रुत्वा ते श्रवणसुभगं गर्जितं मानसोत्काः ।
आ कैलासाद्बिसकिसलयच्छेदपाथेयवन्तः
सम्पत्स्यन्ते नभसि भवतो राजहंसाः सहायाः ॥ ११ ॥

आपृच्छस्व प्रियसखममुं तुङ्गमालिङ्ग्य शैलं
वन्द्यैः पुंसां रघुपतिपदैरङ्कितं मेखलासु ।
काले काले भवति भवता यस्य संयोगमेत्य
स्नेहव्यक्तिश्चिरविरहजं मुञ्चतो बाष्पमुष्णम्‌ ॥ १२ ॥

मार्गं तावच्छृणु कथयतस्त्वत्प्रयाणानुरूपं
सन्देशं मे तदनु जलद श्रोष्यसि श्रोत्रपेयम्‌ ।
खिन्नः खिन्नः शिखरिषु पदं न्यस्य गन्तासि यत्र
क्षीणः क्षीणः परिलघु पयः स्रोतसां चोपयुज्य ॥ १३ ॥

अद्रेः शृङ्गं हरति पवनः किं स्विदित्युन्मुखीभि-
र्दृष्टोच्छायप्रचकितचकितं मुग्धसिद्धाङ्गनाभिः ।
स्थानादस्मात्सरसनिचुलादुत्पतोदङ्मुखः खं
दिङ्नागानां पथि परिहरन्स्थूलहस्तावलेपान्‌ ॥ १४ ॥

॥ मेघदूतः ॥

रत्नच्छायाव्यतिकर इव प्रेक्ष्यमेतत्पुरस्ता-
द्वल्मीकाग्रात्प्रभवति धनुःखण्डमाखण्डलस्य ।
येन श्यामं वपुरतितरां कान्तिमापत्स्यते ते
बर्हेणेव स्फुरितरुचिना गोपवेषस्य विष्णोः ॥ १५ ॥

त्वय्यायत्तं कृषिफलमिति भूविलासानभिज्ञैः
प्रीतिस्निग्धैर्जनपदवधूलोचनैः पीयमानः ।
सद्यःसीरोत्कषणसुरभि क्षेत्रमारुह्य मालं
किञ्चित्पश्चाद्व्रज लघुगतिर्भूय एवोत्तरेण ॥ १६ ॥

त्वामासारप्रशमितवनोपप्लवं साधु मूर्ध्ना
वक्ष्यत्यध्वश्रमपरिगतं सानुमानाम्रकूटः ।
न क्षुद्रो ऽपि प्रथमसुकृतापेक्षया संश्रयाय
प्राप्ते मित्रे भवति विमुखः किं पुनर्यस्तथोच्चैः ॥ १७ ॥

छन्नोपान्तः परिणतफलद्योतिभिः काननाम्रै-
स्त्वय्यारूढे शिखरमचलः स्निग्धवेणीसवर्णे ।
नूनं यास्यत्यमरमिथुनप्रेक्षणीयामवस्थां
मध्ये श्यामः स्तन इव भुवः शेषविस्तारपाण्डुः ॥ १८ ॥

स्थित्वा तस्मिन्वनचरवधूभुक्तकुञ्जे मुहूर्तं
तोयोत्सर्गाद्द्रुततरगतिस्तत्परं वर्त्म तीर्णः ।
रेवां द्रक्ष्यस्युपलविषमे विन्ध्यपादे विशीर्णां
भक्तिच्छेदैरिव विरचितां भूतिमङ्गे गजस्य ॥ १९ ॥

॥ मेघदूतः ॥

तस्यास्तिक्तैर्वनगजमदैर्वासितं वान्तवृष्टि-
र्जम्बूकुञ्जप्रतिहतरयं तोयमादाय गच्छेः ।
अन्तःसारं घन तुलयितुं नानिलः शक्ष्यति त्वां
रिक्तः सर्वो भवति हि लघुः पूर्णता गौरवाय ॥ २० ॥

नीपं दृष्ट्वा हरितकपिशं केशरैरर्धरूढै-
राविर्भूतप्रथममुकुलाः कन्दलीश्चानुकच्छम् ।
दग्धारण्येष्वधिकसुरभिं गन्धमाघ्राय चोर्व्याः
सारङ्गास्ते जललवमुचः सूचयिष्यन्ति मार्गम् ॥ २१ ॥

उत्पश्यामि द्रुतमपि सखे मत्प्रियार्थं यियासो:
कालक्षेपं ककुभसुरभौ पर्वते पर्वते ते ।
शुक्लापाङ्गैः सजलनयनैः स्वागतीकृत्य केकाः
प्रत्युद्यातः कथमपि भवान्गन्तुमाशु व्यवस्येत् ॥ २२ ॥

पाण्डुच्छायोपवनवृतयः केतकैः सूचिभिन्नै-
र्नीडारम्भैर्गृहबलिभुजामाकुलग्रामचैत्याः ।
त्वय्यासन्ने परिणतफलश्यामजम्बूवनान्ताः
सम्पत्स्यन्ते कतिपयदिनस्थायिहंसा दशार्णाः ॥ २३ ॥

तेषां दिक्षु प्रथितविदिशालक्षणां राजधानीं
गत्वा सद्यः फलमविकलं कामुकत्वस्य लब्धा ।
तीरोपान्तस्तनितसुभगं पास्यसि स्वादु यत्तत्
सभ्रूभङ्गं मुखमिव पयो वेत्रवत्याश्चलोर्मि ॥ २४ ॥

नीचैराख्यं गिरिमधिवसेस्तत्र विश्रामहेतो-
स्त्वत्सम्पर्कात्पुलकितमिव प्रौढपुष्पैः कदम्बैः ।
यः पुण्यस्त्रीरतिपरिमलोद्गारिभिर्नागराणा-
मुद्दामानि प्रथयति शिलावेश्मभिर्यौवनानि ॥ २५ ॥

विश्रान्तः सन्व्रज नगनदीतीरजातानि सिञ्च-
न्नुद्यानानां नवजलकणैर्यूथिकाजालकानि ।
गण्डस्वेदापनयनरुजाक्लान्तकर्णोत्पलानां
छायादानात्क्षणपरिचितः पुष्पलावीमुखानाम् ॥ २६ ॥

वक्रः पन्था यदपि भवतः प्रस्थितस्योत्तराशां
सौधोत्सङ्गप्रणयविमुखो मा स भूरुज्जयिन्याः ।
विद्युद्दामस्फुरणचकितैस्तत्र पौराङ्गनानां
लोलापाङ्गैर्यदि न रमसे लोचनैर्वञ्चितो ऽसि ॥ २७ ॥

वीचिक्षोभस्तनितविहगश्रेणिकाञ्चीगुणायाः
संसर्पन्त्याः स्खलितसुभगं दर्शितावर्तनाभेः ।
निर्विन्ध्यायाः पथि भव रसाभ्यन्तरः सन्निपत्य
स्त्रीणामाद्यं प्रणयवचनं विभ्रमो हि प्रियेषु ॥ २८ ॥

वेणीभूतप्रतनुसलिला तामतीतस्य सिन्धुः
पाण्डुच्छाया तटरुहतरुभ्रंशिभिर्जीर्णपर्णैः ।
सौभाग्यं ते सुभग विरहावस्थया व्यञ्जयन्ती
कार्श्यं येन त्यजति विधिना स त्वयैवोपपाद्यः ॥ २९ ॥

॥ मेघदूतः ॥

प्राप्यावन्तीनुदयनकथाकोविदग्रामवृद्धा-
न्पूर्वोद्दिष्टामनुसर पुरीं श्रीविशालां विशालाम् ।
स्वल्पीभूते सुचरितफले स्वर्गिणां गां गतानां
शेषैः पुण्यैर्हृतमिव दिवः कान्तिमत्खण्डमेकम् ॥ ३० ॥

दीर्घीकुर्वन्पटु मदकलं कूजितं सारसानां
प्रत्यूषेषु स्फुटितकमलामोदमैत्रीकषायः ।
यत्र स्त्रीणां हरति सुरतग्लानिमङ्गानुकूलः
सिप्रावातः प्रियतम इव प्रार्थनाचाटुकारः ॥ ३१ ॥

जालोद्गीर्णैरुपचितवपुः केशसंस्कारधूपै-
र्बन्धुप्रीत्या भवनशिखिभिर्दत्तनृत्तोपहारः ।
हर्म्येष्वस्याः कुसुमसुरभिष्वध्वखेदं नयेथा
लक्ष्मीं पश्यँल्ललितवनिताापदरागाङ्कितेषु ॥ ३२ ॥

भर्तुः कण्ठच्छविरिति गणैः सादरं वीक्ष्यमाणः
पुण्यं यायास्त्रिभुवनगुरोर्धाम चण्डीश्वरस्य ।
धूतोद्यानं कुवलयरजोगन्धिभिर्गन्धवत्या-
स्तोयक्रीडानिरतयुवतिस्नानतिक्तैर्मरुद्भिः ॥ ३३ ॥

अप्यन्यस्मिञ्जलधर महाकालमासाद्य काले
स्थातव्यं ते नयनविषयं यावदत्येति भानुः ।
कुर्वन्सन्ध्याबलिपटहतां शूलिनः श्लाघनीया-
मामन्द्राणां फलमविकलं लप्स्यसे गर्जितानाम् ॥ ३४ ॥

॥ मेघदूतः ॥

पादन्यासैःक्वणितरशनास्तत्र लीलावधूतै-
रत्नच्छायाखचितवलिभिश्चामरैः क्लान्तहस्ताः ।
वेश्यास्त्वत्तो नखपदसुखान्प्राप्य वर्षाग्रबिन्दू-
नामोक्ष्यन्ते त्वयि मधुकरश्रेणिदीर्घान्कटाक्षान् ॥ ३५ ॥

पश्चादुच्चैर्भुजतरुवनं मण्डलेनाभिलीनः
सान्ध्यं तेजः प्रतिनवजवापुष्परक्तं दधानः ।
नृत्तारम्भे हर पशुपतेरार्द्रनागाजिनेच्छां
शान्तोद्वेगस्तिमितनयनं दृष्टभक्तिर्भवान्याः ॥ ३६ ॥

गच्छन्तीनां रमणवसतिं योषितां तत्र नक्तं
रुद्धालोके नरपतिपथे सूचिभेद्यैस्तमोभिः ।
सौदामन्या कनककषनिग्धया दर्शयोर्वीं
तोयोत्सर्गस्तनितमुखरो मा च भूर्विक्लवास्ताः ॥ ३७ ॥

तां कस्याञ्चिद्भवनवलभौ सुप्तपारावतायां
नीत्वा रात्रिं चिरविलसनात्खिन्नविद्युत्कलत्रः ।
दृष्टे सूर्ये पुनरपि भवान्वाहयेदध्वशेषं
मन्दायन्ते न खलु सुहृदामभ्युपेतार्थकृत्याः ॥ ३८ ॥

तस्मिन्काले नयनसलिलं योषितां खण्डितानां
शान्तिं नेयं प्रणयिभिरतो वर्त्म भानोस्त्यजाशु ।
प्रालेयाम्रं कमलवदनात्सो ऽपि हर्तुं नलिन्याः
प्रत्यावृत्तस्त्वयि कररुधि स्यादनल्पाभ्यसूयः ॥ ३९ ॥

॥ मेघदूतः ॥

गम्भीरायाः पयसि सरितश्चेतसीव प्रसन्ने
छायात्मापि प्रकृतिसुभगो लप्स्यते ते प्रवेशम् ।
तस्मादस्याः कुमुदविशदान्यर्हसि त्वं न धैर्या-
न्मोघीकर्तुं चटुलशफरोद्वर्तनप्रेक्षितानि ॥ ४० ॥

तस्याः किञ्चित्करधृतमिव प्राप्तवानीरशाखं
हृत्वा नीलं सलिलवसनं मुक्तरोधोनितम्बम् ।
प्रस्थानं ते कथमपि सखे लम्बमानस्य भावि
ज्ञातास्वादो विवृतजघनां को विहातुं समर्थः ॥ ४१ ॥

त्वन्निष्यन्दोच्छ्वसितवसुधागन्धसम्पर्करम्यः
स्त्रोतोरन्ध्रध्वनितसुभगं दन्तिभिः पीयमानः ।
नीचैर्वास्यत्युपजिगमिषोर्देवपूर्वं गिरिं ते
शीतो वायुः परिणमयिता काननोदुम्बराणाम् ॥ ४२ ॥

तत्र स्कन्दं नियतवसतिं पुष्पमेघीकृतात्मा
पुष्पासारैः स्नपयतु भवान्व्योमगङ्गाजलार्द्रैः ।
रक्षाहेतोर्नवशशिभृता वासवीनां चमूना-
मत्यादित्यं हुतवहमुखे सम्भृतं तद्धि तेजः ॥ ४३ ॥

ज्योतिर्लेखावलयि गलितं यस्य बर्हं भवानी
पुत्रप्रेम्णा कुवलयदलप्रापि कर्णे करोति ।
धौतापाङ्गं हरशशिरुचा पावकेस्तं मयूरं
पश्चादद्रिग्रहणगुरुभिर्गर्जितैर्नर्तयेथाः ॥ ४४ ॥

आराध्यैनं शरवणभवं देवमुल्लङ्घिताध्वा
सिद्धद्वन्द्वैर्जलकणभयाद्वीणिभिर्मुक्तमार्गः ।
व्यालम्बेथाः सुरभितनयालम्भजां मानयिष्य-
न्स्रोतोमूर्त्या भुवि परिणतां रन्तिदेवस्य कीर्तिम् ॥ ४५ ॥

त्वय्यादातुं जलमवनते शार्ङ्गिणो वर्णचौरे
तस्याः सिन्धोः पृथुमपि तनुं दूरभावात्प्रवाहम् ।
प्रेक्षिष्यन्ते गगनगतयो नूनमावर्ज्य दृष्टी-
रेकं मुक्तागुणमिव भुवः स्थूलमध्येन्द्रनीलम् ॥ ४६ ॥

तामुत्तीर्य व्रज परिचितभ्रूलताविभ्रमाणां
पक्ष्मोत्क्षेपादुपरिविलसत्कृष्णशारप्रभाणाम् ।
कुन्दक्षेपानुगमधुकरश्रीमुषामात्मबिम्बं
पात्रीकुर्वन्दशपुरवधूनेत्रकौतूहलानाम् ॥ ४७ ॥

ब्रह्मावर्तं जनपदमथ च्छायया गाहमानः
क्षेत्रं क्षत्रप्रधनपिशुनं कौरवं तद्भजेथाः ।
राजन्यानां शितशरशतैर्यत्र गाण्डीवधन्वा
धारापातैस्त्वमिव कमलान्यभ्यवर्षन्मुखानि ॥ ४८ ॥

हित्वा हालामभिमतरसां रेवतीलोचनाङ्कां
बन्धुप्रीत्या समरविमुखी लाङ्गली याः सिषेवे ।
कृत्वा तासामभिगममपां सौम्य सारस्वतीना-
मन्तःशुद्धस्त्वमपि भविता वर्णमात्रेण कृष्णः ॥ ४९ ॥

॥ मेघदूतः ॥

तस्मादगच्छेरनुकनखलं शैलराजावतीर्णां
जह्नोः कन्यां सगरतनयस्वर्गसोपानपङ्क्तिम् ।
गौरीवक्त्रभ्रुकुटिरचनां या विहस्येव फेनैः
शम्भोः केशग्रहणमकरोदिन्दुलभ्नोर्मिहस्ता ॥ ५० ॥

तस्याः पातुं सुरगज इव व्योम्नि पश्चार्धलग्नं
त्वं चेदच्छस्फटिकविशदं तर्कयेस्तिर्यगम्भः ।
संसर्पन्त्या सपदि भवतः स्रोतसि च्छाययासौ
स्यादस्थानोपगतयमुनासङ्गमेवाभिरामा ॥ ५१ ॥

आसीनानां सुरभितशिलं नाभिगन्धैर्मृगाणां
तस्या एव प्रभवमचलं प्राप्य गौरं तुषारैः ।
वक्ष्यस्यध्वश्रमविनयने तस्य शृङ्गे निषण्णः
शोभां शुभ्रत्रिनयनवृषोत्खातपङ्कोपमेयाम् ॥ ५२ ॥

तं चेद्वायौ सरति सरलस्कन्धसङ्घट्टजन्मा
बाधेतोल्काक्षपितचमरीवालभारो दवाग्निः ।
अर्हस्येनं शमयितुमलं वारिधारासहस्रै-
रापन्नार्तिप्रशमनफलाः सम्पदो ह्युत्तमानाम् ॥ ५३ ॥

ये संरम्भोत्पतनरभसाः स्वाङ्गभङ्गाय तस्मि-
न्मुक्ताध्वानं सपदि शरभा लङ्घयेयुर्भवन्तम् ।
तान्कुर्वीथास्तुमुलकरकावृष्टिहासावकीर्णा-
न्के वा न स्युः परिभवपदं निष्फलारम्भयत्नाः ॥ ५४ ॥

॥ मेघदूतः ॥

तत्र व्यक्तं दृषदि चरणन्यासमर्धेन्दुमौलेः
शश्वत्सिद्धैरुपचितबलिं भक्तिनम्रः परीयाः ।
यस्मिन्दृष्टे करणविगमादूर्ध्वमुद्धूतपापाः
कल्पन्ते ऽस्य स्थिरगणपदप्राप्तये श्रद्दधानाः ॥ ५५ ॥

शब्दायन्ते मधुरमनिलैः कीचकाः पूर्यमाणाः
संरक्ताभिस्त्रिपुरविजयो गीयते किन्नरीभिः ।
निर्ह्रादी ते मुरज इव चेत्कन्दरेषु ध्वनिः स्या-
त्सङ्गीतार्थो ननु पशुपतेस्तत्र भावी समग्रः ॥ ५६ ॥

प्रालेयाद्रेरुपतटमतिक्रम्य तांस्तान्विशेषा-
न्हंसद्वारं भृगुपतियशोवर्त्म यत्क्रौञ्चरन्ध्रम् ।
तेनोदीचीं दिशमनुसरेस्तिर्यगायामशोभी
श्यामः पादो बलिनियमनाभ्युद्यतस्येव विष्णोः ॥ ५७ ॥

गत्वा चोर्ध्वं दशमुखभुजोच्छ्वासितप्रस्थसन्धेः
कैलासस्य त्रिदशवनितादर्पणस्यातिथिः स्याः ।
शृङ्गोच्छ्रायैः कुमुदविशदैर्यो वितत्य स्थितः खं
राशीभूतः प्रतिदिशमिव त्र्यम्बकस्याट्टहासः ॥ ५८ ॥

उत्पश्यामि त्वयि तटगते स्निग्धभिन्नाञ्जनाभे
सद्यः कृत्तद्विरददशनच्छेदगौरस्य तस्य ।
शोभामद्रेः स्तिमितनयनप्रेक्षणीयां भविष्य-
मंसन्यस्ते सति हलभृतो मेचके वाससीव ॥ ५९ ॥

॥ मेघदूतः ॥

हित्वा तस्मिन्भुजगवलयं शम्भुना दत्तहस्ता
क्रीडाशैले यदि च विहरेत्पादचारेण गौरी ।
भङ्गीभक्त्या विरचितवपुः स्तम्भितान्तर्जलौघः
सोपानत्वं व्रज पदसुखस्पर्शमारोहणेषु ॥ ६० ॥

तत्रावश्यं वलयकुलिशोद्घट्टनोद्गीर्णतोयं
नेष्यन्ति त्वां सुरयुवतयो यन्त्रधारागृहत्वम् ।
ताभ्यो मोक्षस्तव यदि सखे घर्मलब्धस्य न स्या-
त्क्रीडालोलाः श्रवणपरुषैर्गर्जितैर्भाययेस्ताः ॥ ६१ ॥

हेमाम्भोजप्रसवि सलिलं मानसस्याददानः
कुर्वन्कामात्क्षणमुखपटप्रीतिमैरावतस्य ।
धुन्वन्वातैः सजलपृषतैः कल्पवृक्षांशुकानि
छायाभिन्नस्फटिकविशदं निर्विशेस्तं नगेन्द्रम् ॥ ६२ ॥

तस्योत्सङ्गे प्रणयिन इव स्रस्तगङ्गादुकूलां
न त्वं दृष्ट्वा न पुनरलकां ज्ञास्यसे कामचारिन् ।
या वः काले वहति सलिलोद्गारमुच्चैर्विमाने-
मुक्ताजालग्रथितमलकं कामिनीवाभ्रवृन्दम् ॥ ६३ ॥

विद्युत्वन्तं ललितवनिताः सेन्द्रचापं सचित्राः
सङ्गीताय प्रहतमुरजाः स्निग्धगम्भीरघोषम् ।
अन्तस्तोयं मणिमयभुवस्तुङ्गमभ्रंलिहाग्राः
प्रासादास्त्वां तुलयितुमलं यत्र तैस्तैर्विशेषैः ॥ ६४ ॥

॥ मेघदूतः ॥

हस्ते लीलाकमलमलकं बालकुन्दानुविद्धं
नीता लोध्रप्रसवरजसा पाण्डुतामाननश्रीः ।
चूडापाशे नवकुरवकं चारु कर्णे शिरीषं
सीमन्ते च त्वदुपगमजं यत्र नीपं वधूनाम् ॥ ६५ ॥

यस्यां यक्षाः सितमणिमयान्येत्य हर्म्यस्थलानि
ज्योतिश्छायाकुसुमरचितान्युत्तमस्त्रीसहायाः ।
आसेवन्ते मधु रतिफलं कल्पवृक्षप्रसूतं
त्वद्गम्भीरध्वनिषु शनकैः पुष्करेष्वाहतेषु ॥ ६६ ॥

नीवीबन्धोच्छ्वसितशिथिलं यत्र यक्षाङ्गनानां
क्षौमं रागादनिभृतकरेष्वाक्षिपत्सु प्रियेषु ।
अर्चिस्तुङ्गानभिमुखमपि प्राप्य रत्नप्रदीपा-
न्ह्रीमूढानां भवति विफलप्रेरणा चूर्णमुष्टिः ॥ ६७ ॥

नेत्रा नीताः सततगतिना यद्विमानाग्रभूमी-
रालेख्यानां नवजलकणैर्दोषमुत्पाद्य सद्यः ।
शङ्कास्पृष्टा इव जलमुचस्त्वादृशा जालमार्गै-
र्धूमोद्गारानुकृतिनिपुणा जर्जरा निष्पतन्ति ॥ ६८ ॥

यत्र स्त्रीणां प्रियतमभुजालिङ्गनोच्छ्वासितानां
अङ्गग्लानिं सुरतजनितां तन्तुजालावलम्बाः ।
त्वत्संरोधापगमविशदैश्चन्द्रपादै-
र्व्यालुम्पन्ति स्फुटजललवस्यन्दिनश्चन्द्रकान्ताः ॥ ६९ ॥

॥ मेघदूतः ॥

गत्युत्कम्पादलकपतितैर्यत्र मन्दारपुष्पैः
पत्रच्छेदैः कनककमलैः कर्णविभ्रंशिभिश्च ।
मुक्ताजालैः स्तनपरिसरच्छिन्नसूत्रैश्च हारै-
र्नैशो मार्गः सवितुरुदये सूच्यते कामिनीनाम् ॥ ७० ॥

मत्वा देवं धनपतिसखं यत्र साक्षाद्वसन्तं
प्रायश्चापं न वहति भयान्मन्मथः षट्पदज्यम् ।
सभ्रूभङ्गप्रहितनयनैः कामिलक्ष्येष्वमोघै-
स्तस्यारम्भश्चतुरवनिताविभ्रमैरेव सिद्धः ॥ ७१ ॥

तत्रागारं धनपतिगृहानुत्तरेणास्मदीयं
दूराल्लक्ष्यं सुरपतिधनुश्चारुणा तोरणेन ।
यस्योद्याने कृतकतनयः कान्तया वर्धितो मे
हस्तप्राप्तस्तबकनमितो बालमन्दारवृक्षः ॥ ७२ ॥

वापी चास्मिन्मरकतशिलाबद्धसोपानमार्गा
हैमैश्छन्ना विकचकमलैः स्निग्धवैदूर्यनालैः ।
यस्यास्तोये कृतवसतयो मानसं सन्निकृष्टं
नाध्यास्यन्ति व्यपगतशुचस्त्वामपि प्रेक्ष्य हंसाः ॥ ७३ ॥

तस्यास्तीरे रचितशिखरः पेशलैरिन्द्रनीलैः
क्रीडाशैलः कनककदलीवेष्टनप्रेक्षणीयः ।
मद्गेहिन्याः प्रिय इति सखे चेतसा कातरेण
प्रेक्ष्योपान्तस्फुरिततडितं त्वां तमेव स्मरामि ॥ ७४ ॥

रक्ताशोकश्चलकिसलयः केशरश्चात्र कान्तः
प्रत्यासन्नौ कुरवकवृतेर्माधवीमण्डपस्य ।
एकः सख्यास्तव सह मया वामपादाभिलाषी
काङ्क्षत्यन्यो वदनमदिरां दोहदच्छद्मनास्याः ॥ ७५ ॥

तन्मध्ये च स्फटिकफलका काञ्चनी वासयष्टि-
र्मूले बद्धा मणिभिरनतिप्रौढवंशप्रकाशैः ।
तालैः शिञ्जद्वलयसुभगैर्नर्तितः कान्तया मे
यामध्यास्ते दिवसविगमे नीलकण्ठः सुहृद्वः ॥ ७६ ॥

एभिः साधो हृदयनिहितैर्लक्षणैर्लक्षयेथा
द्वारोपान्ते लिखितवपुषौ शङ्खपद्मौ च दृष्ट्वा ।
मन्दच्छायं भवनमधुना मद्वियोगेन नूनं
सूर्यापाये न खलु कमलं पुष्यति स्वामभिख्याम् ॥ ७७ ॥

गत्वा सद्यः कलभतनुतां तत्परिज्ञानहेतोः
क्रीडाशैले प्रथमकथिते रम्यसानौ निषण्णः ।
अर्हस्यन्तर्भवनपतितां कर्तुमल्पाल्पभासं
खद्योतालीविलसितनिभां विद्युदुन्मेषदृष्टिम् ॥ ७८ ॥

तन्वी श्यामा शिखरिदशना पक्वबिम्बाधरोष्ठी
मध्ये क्षामा चकितहरिणीप्रेक्षणा निम्ननाभिः ।
श्रोणीभारादलसगमना स्तोकनम्रा स्तनाभ्यां
या तत्र स्याद्युवतिविषये सृष्टिराद्येव धातुः ॥ ७९ ॥

॥ मेघदूतः ॥

तां जानीथाः परिमितकथां जीवितं मे द्वितीयं
दूरीभूते मयि सहचरे चक्रवाकीमिवैकाम् ।
गाढोत्कण्ठां गुरुषु दिवसेष्वेषु गच्छत्सु बालां
जातां मन्ये शिशिरमथितां पद्मिनीं वान्यरूपाम् ॥ ८० ॥

नूनं तस्याः प्रबलरुदितोच्छूननेत्रं प्रियाया
निःश्वासानामशिशिरतया भिन्नवर्णाधरोष्ठम् ।
हस्ते न्यस्तं मुखमसकलव्यक्ति लम्बालकत्वा-
दिन्दोर्दैन्यं त्वदुपसरणक्लिष्टकान्तेर्बिभर्ति ॥ ८१ ॥

आलोके ते निपतति पुरा सा बलिव्याकुला वा
मत्साहश्यं विरहतनु वा भावगम्यं लिखन्ती ।
पृच्छन्ती वा मधुरवचनां सारिकां पञ्जरस्थां
कच्चिद्भर्तुः स्मरसि निभृते त्वं हि तस्य प्रियेति ॥ ८२ ॥

उत्सङ्गे वा मलिनवसने सौम्य निक्षिप्य वीणां
मद्गोत्राङ्कं विरचितपदं गेयमुद्गातुकामा ।
तन्त्रीरार्द्रा नयनसलिलैः सारयित्वा कथञ्चि-
द्भूयो भूयः स्वयमपि कृतां मूर्छनां विस्मरन्ती ॥ ८३ ॥

शेषान्मासान्विरहदिवसस्थापितस्यावधेर्वा
विन्यस्यन्ती भुवि गणनया देहलीमुक्तपुष्पैः ।
मत्सङ्गं वा हृदयनिहितारम्भमास्वादयन्ती
प्रायेणैते रमणविरहेष्वङ्गनानां विनोदाः ॥ ८४ ॥

२

॥ मेघदूतः ॥

सव्यापारामहनि न तथा पीडयेन्मद्वियोगः
शङ्के रात्रौ गुरुतरशुचं निर्विनोदां सखीं ते ।
मत्सन्देशैः सुखयितुमलं पश्य साध्वीं निशीथे
तामुन्निद्रामवनिशयनां सद्मवातायनस्थः ॥ ८५ ॥

आधिक्षामां विरहशयने सन्निकीर्णैकपार्श्वां
प्राचीमूले तनुमिव कलामात्रशेषां हिमांशोः ।
नीता रात्रिः क्षण इव मया सार्धमिच्छारतैर्या
तामेवोष्णैर्विरहमहतीमश्रुभिर्यापयन्तीम् ॥ ८६ ॥

पादानिन्दोरमृतशिशिराञ्जालमार्गप्रविष्टा-
न्पूर्वप्रीत्या गतमभिमुखं सन्निवृत्तं तथैव ।
चक्षुःखेदात्सलिलगुरुभिः पक्ष्मभिश्छादयन्तीं
साभ्रेऽह्नीव स्थलकमलिनीं न प्रबुद्धां न सुप्ताम् ॥ ८७ ॥

निःश्वासेनाधरकिसलयक्लेशिना विक्षिपन्तीं
शुद्धस्नानात्परुषमलकं नूनमागण्डलम्बम् ।
मत्संयोगः कथमपि भवेत्स्वप्नजोऽपीति निद्रा-
माकाङ्क्षन्तीं नयनसलिलोत्पीडरुद्धावकाशाम् ॥ ८८ ॥

आद्ये बद्धा विरहदिवसे या शिखा दाम हित्वा
शापस्यान्ते विगलितशुचा तां मयोद्वेष्टनीयाम् ।
स्पर्शक्लिष्टामयमितनखेनासकृत्सारयन्तीं
गण्डाभोगात्कठिनविषमामेकवेणीं करेण ॥ ८९ ॥

॥ मेघदूतः ॥

सा संन्यस्ताभरणमबला पेलवं धारयन्ती
शय्योत्सङ्गे निहितमसकृद्दुःखदुःखेन गात्रम् ।
त्वामप्यस्रं नवजलमयं मोचयिष्यत्यवश्यं
प्रायः सर्वी भवति करुणावृत्तिरार्द्रान्तरात्मा ॥ ९० ॥

जाने सख्यास्तव मयि मनः सम्भृतस्नेहमस्मा-
दित्थम्भूतां प्रथमविरहे तामहं तर्कयामि ।
वाचालं मां न खलु सुभगम्मन्यभावः करोति
प्रत्यक्षं ते निखिलमचिराद्भ्रातरुक्तं मया यत् ॥ ९१ ॥

रुद्धापाङ्गप्रसरमलकैरञ्जनस्नेहशून्यं
प्रत्यादेशादपि च मधुनो विस्मृतभ्रूविलासम् ।
त्वय्यासन्ने नयनमुपरिस्पन्दि शङ्के मृगाक्ष्या
मीनक्षोभाकुलकुवलयश्रीतुलामेष्यतीति ॥ ९२ ॥

वामश्चास्याः कररुहपदैर्मुच्यमानो मदीयै-
र्मुक्ताजालं चिरपरिचितं त्याजितो दैवगत्या ।
सम्भोगान्ते मम समुचितो हस्तसंवाहनानां
यास्यत्यूरुः सरसकदलीस्तम्भगौरश्चलत्वम् ॥ ९३ ॥

तस्मिन्काले जलद यदि सा लब्धनिद्रासुखा स्या-
दन्वास्याः स्तनितविमुखो याममात्रं सहेथाः ।
मा भूदस्याः प्रणयिनि मयि स्वप्नलब्धे कथञ्चि-
त्सद्यः कण्ठच्युतभुजलतायन्थिगाढोपगूढम् ॥ ९४ ॥

॥ मेघदूतः ॥

तामुत्थाय स्वजलकणिकाशीतलेनानिलेन
प्रत्याश्वस्तां सममभिनवैर्जालकैर्मालतीनाम् ।
विद्युत्कम्पस्तिमितनयनां त्वत्सनाथे गवाक्षे
वक्तुं धीरस्तनितवचनैर्मानिनीं प्रक्रमेथाः ॥ ९५ ॥

भर्तुर्मित्रं प्रियमविधवे विद्धि मामम्बुवाहं
तत्सन्देशैर्हृदयनिहितैरागतं त्वत्समीपम् ।
यो वृन्दानि त्वरयति पथि श्राम्यतां प्रोषितानां
मन्द्रस्निग्धैर्ध्वनिभिरबलावेणिमोक्षोत्सुकानि ॥ ९६ ॥

इत्याख्याते पवनतनयं मैथिलीवोन्मुखी सा
त्वामुत्कण्ठोच्छ्वसितहृदया वीक्ष्य सम्भाव्य चैव ।
श्रोष्यत्यस्मात्परमवहिता सौम्य सीमन्तिनीनां
कान्तोदन्तः सुहृदुपनतः सङ्गमात्किञ्चिदूनः ॥ ९७ ॥

तामायुष्मन्मम च वचनादात्मनश्चोपकर्तुं
ब्रूया एवं तव सहचरो रामगिर्याश्रमस्थः ।
अव्यापन्नः कुशलमबले पृच्छति त्वां वियुक्तो
भूतानां हि क्षयिषु करणेष्वाद्यमाश्वास्यमेतत् ॥ ९८ ॥

अङ्गेनाङ्गं प्रतनु तनुना गाढतप्तेन तप्तं
साश्रेणाश्रुद्रुतमविरतोत्कण्ठमुत्कण्ठितेन ।
दीर्घोच्छ्वासं समधिकतरोच्छ्वासिना दूरवर्ती
सङ्कल्पैस्ते विशति विधिना वैरिणा रुद्धमार्गः ॥ ९९ ॥

॥ मेघदूतः ॥

शब्दाख्येयं यदपि किल ते यः सखीनां पुरस्ता-
त्कर्णे लोलः कथयितुमभूदाननस्पर्शलोभात् ।
सो ऽतिक्रान्तः श्रवणविषयं लोचनाभ्यामदृश्य-
स्त्वामुत्कण्ठाविरचितपदं मन्मुखेनेदमाह ॥ १०० ॥

श्यामास्वङ्गं चकितहरिणीप्रेक्षणे दृष्टिपातं
वक्त्रच्छायां शशिनि शिखिनां बर्हभारेषु केशान् ।
उत्पश्यामि प्रतनुषु नदीवीचिषु भ्रूविलासा-
न्हन्तैकस्थं क्वचिदपि न ते चण्डि साहश्यमस्ति ॥ १०१ ॥

त्वामालिख्य प्रणयकुपितां धातुरागैः शिलाया-
मात्मानं ते चरणपतितं यावदिच्छामि कर्तुम् ।
अस्त्रैस्तावन्मुहुरुपचितैर्दृष्टिरालुप्यते मे
क्रूरस्तस्मिन्नपि न सहते सङ्गमं नौ कृतान्तः ॥ १०२ ॥

मामाकाशप्रणिहितभुजं निर्दयाश्लेषहेतो-
र्लब्धायास्ते कथमपि मया स्वप्नसन्दर्शनेषु ।
पश्यन्तीनां न खलु बहुशो न स्थलीदेवतानां
मुक्तास्थूलास्तरुकिसलयेष्वश्रुलेशाः पतन्ति ॥ १०३ ॥

भित्वा सद्यः किसलयपुटान्देवदारुद्रुमाणां
ये तत्क्षीरस्रुतिसुरभयो दक्षिणेन प्रवृत्ताः ।
आलिङ्ग्यन्ते गुणवति मया ते तुषाराद्रिवाताः
पूर्वं स्पृष्टं यदि किल भवेदङ्गमेभिस्तवेति ॥ १०४ ॥

॥ मेघदूतः ॥

सांद्रच्छायैः क्षण इव कथं दीर्घयामा त्रियामा
सर्वावस्थास्वहरपि कथं मन्दमन्दातपं स्यात् ।
इत्थं चेतश्चटुलनयने दुर्लभप्रार्थनं मे
गाढोष्माभिः कृतमशरणं त्वद्वियोगव्यथाभिः ॥ १०५ ॥

नन्वात्मानं बहु विगणयन्नात्मनैवावलम्बे
तत्कल्याणि त्वमपि नितरां मा गमः कातरत्वम् ।
कस्यात्यन्तं सुखमुपनतं दुःखमेकान्ततो वा
नीचैर्गच्छत्युपरि च दशा चक्रनेमिक्रमेण ॥ १०६ ॥

शापान्तो मे भुजगशयनादुत्थिते शार्ङ्गपाणौ
शेषान्मासान्गमय चतुरो लोचने मीलयित्वा ।
पश्चादावां विरहगणितं तं तमात्माभिलाषं
निर्वेक्ष्यावः परिणतशरच्चन्द्रिकासु क्षपासु ॥ १०७ ॥

भूयश्चापि त्वमसि शयने कण्ठलग्ना पुरा मे
निद्रां गत्वा किमपि रुदती सस्वरं विप्रबुद्धा ।
सान्तर्हासं कथितमसकृत्पृच्छतश्च त्वया मे
दृष्टः स्वप्ने कितव रमयन्कामपि त्वं मयेति ॥ १०८ ॥

एतस्मान्मां कुशलिनमभिज्ञानदानाद्विदित्वा
मा कौलीनादसितनयने मय्यविश्वासिनी भूः ।
स्नेहानाहुः किमपि विरहे ध्वंसिनस्ते त्वभोगा-
दिष्टे वस्तुन्युपचितरसाः प्रेमराशीभवन्ति ॥ १०९ ॥

॥ मेघदूतः ॥

आश्वास्यैवं प्रथमविरहोदग्रशोकां सखीं ते
शैलादाशु त्रिनयनवृषोत्खातकूटान्निवृत्तः ।
साभिज्ञानप्रहितकुशलैस्तद्वचोभिर्ममापि
प्रातः कुन्दप्रसवशिथिलं जीवितं धारयेथाः ॥ ११० ॥

कच्चित्सौम्य व्यवसितमिदं बन्धुकृत्यं त्वया मे
प्रत्यादेशान्न खलु भवतो धीरतां कल्पयामि ।
निःशब्दो ऽपि प्रदिशसि जलं याचितश्चातकेभ्यः
प्रत्युक्तं हि प्रणयिषु सतामीप्सितार्थक्रियैव ॥ १११ ॥

एतत्कृत्वा प्रियमनुचितप्रार्थनावर्तिनो मे
सौहार्दाद्वा विधुर इति वा मय्यनुक्रोशबुद्ध्या ।
इष्टान्देशान्विचर जलद प्रावृषासम्भृतश्री-
र्मा भूदेवं क्षणमपि च ते विद्युता विप्रयोगः ॥ ११२ ॥

॥ इति श्रीकालिदासकृतं मेघदूताख्यं काव्यं समाप्तम् ॥

॥ अथ प्रक्षिप्ताः श्लोकाः ॥

अध्वक्लान्तं प्रतिमुखगतं सानुमांश्चित्रकूट-
स्तुङ्गेन त्वां जलद शिरसा वक्ष्यति श्लाघमानः ।
आसारेण त्वमपि शमयैस्तस्य नैदाघमर्चिं
सद्भावार्द्रः फलति नचिरेणोपकारो महत्सु ॥ I ॥

अम्भोबिन्दुग्रहणचतुरांश्चातकान्वीक्षमाणाः
श्रेणीभूताः परिगणनया निर्दिशन्तो बलाकाः ।
त्वामासाद्य स्तनितसमये मानयिष्यन्ति सिद्धाः
सोत्कम्पानि प्रियसहचरीसम्भ्रमालिङ्गितानि ॥ II ॥

हारांस्तारांस्तरलगुटिकान्कोटिशः शङ्खशुक्तीः
शष्पश्यामान्मरकतमणीनुन्मयूखप्ररोहान् ।
दृष्ट्वा यस्यां विपणिरचितान्विद्रुमाणां च भङ्गा-
न्संलक्ष्यन्ते सलिलनिधयस्तोयमात्रावशेषाः ॥ III ॥

प्रद्योतस्य प्रियदुहितरं वत्सराजोऽत्र जह्रे
हैमं तालद्रुमवनमभूदत्र तस्यैव राज्ञः ।
अत्रोद्भ्रान्तः किल नलगिरिः स्तम्भमुत्पाट्य दर्पा-
दित्यागन्तून्रमयति जनो यत्र बन्धूनभिज्ञः ॥ IV ॥

॥ मेघदूतः ॥

पञ्चश्यामा दिनकरहयस्पर्धिनो यत्र वाहाः
शैलोद्यास्त्वमिव कारिणो वृष्टिमन्तः प्रभेदात् ।
योधाग्रण्यः प्रति दशमुखं संयुगे तस्थिवांसः
प्रत्यादिष्टाभरणरुचयश्चन्द्रहासव्रणाङ्कैः ॥ V. ॥

यत्रोन्मत्तभ्रमरमुखराः पादपा नित्यपुष्पा
हंसश्रेणीरचितरशना नित्यपद्मा नलिन्यः ।
केकोत्कण्ठा भवनशिखिनो नित्यभास्वत्कलापा
नित्यज्योत्स्नाप्रतिहततमोवृत्तिरम्याः प्रदोषाः ॥ VI. ॥

आनन्दोत्थं नयनसलिलं यत्र नान्यैर्निमित्तै-
र्नान्यस्तापः कुसुमशरजादिष्टसंयोगसाध्यात् ।
नाप्यन्यस्मात्प्रणयकलहाद्विप्रयोगोपपत्ति-
र्विज्ञेशानां न च खलु वयो यौवनादन्यदस्ति ॥ VII. ॥

मन्दाकिन्याः पयसि शिशिरैः सेव्यमाना मरुद्भि-
र्मन्दाराणामनुतटरुहां छायया वारितोष्णाः ।
अन्वेष्टव्यैः कनकसिकतामुष्टिनिक्षेपगूढैः
सङ्क्रीडन्ते मणिभिरमरप्रार्थिता यत्र कन्याः ॥ VIII. ॥

अक्षय्यान्तर्भवननिधयः प्रत्यहं रक्तकण्ठै-
रुद्गायद्भिर्धनपतियशः किन्नरैर्येत्र साधम् ।
वैभ्राजाख्यं विबुधवनितावारमुख्यासहाया
बद्धालापा बहिरुपवनं कामिनो निर्विशन्ति ॥ IX. ॥

वासश्चित्रं मधु नयनयोर्विभ्रमादेशदक्षं
पुष्पोद्भेदं सह किसलयैर्भूषणानां विकल्पान् ।
लाक्षारागं चरणकमलन्यासयोग्यं च यस्या-
मेकः सूते सकलमबलामण्डनं कल्पवृक्षः ॥ X. ॥

स्निग्धा सख्यः क्षणमपि दिवा तां न मोक्ष्यन्ति तन्वी-
मेकप्रख्या भवति हि जगत्यङ्गनानां प्रवृत्तिः ।
स त्वं रात्रौ जलद शयनासन्नवातायनस्थः
कान्तां सुप्ते सति परिजने वीतनिद्रामुपेयाः ॥ XI. ॥

अन्वेष्टव्यामवनिशयने सन्निकीर्णैकपार्श्वां
तत्पर्यङ्कप्रगलितलवैश्छिन्नहारैरिवास्त्रैः ।
भूयो भूयः कठिनविषमां सारयन्तीं कपोला-
दामोक्त्व्यामयमितनखेनैकवेणीं करेण ॥ XII. ॥

धारासिक्तस्थलसुरभिणश्चन्मुखस्यास्य बाले
दूरीभूतं प्रतनुमपि मां पञ्चबाणः क्षिणोति ।
घर्मान्ते वै वद बत कथं वासराणि व्रजेयु-
र्दिक्संसक्ताम्रविरलघनाव्यक्तसूर्यातपानि ॥ XIII. ॥

तत्सन्देशं जलधरवरो दिव्यवाचाचचक्षे
प्राणांस्तस्या जनहितरतो रक्षितुं यक्षवध्वाः ।
प्राप्योदन्तं प्रमुदितमनाः सापि तस्थौ स्वभर्तुः
केषां न स्यादवितथफला प्रार्थनाभ्युन्नतेषु ॥ XIV. ॥

॥ मेघदूतः ॥

श्रुत्वा वार्त्तां जलदकथितां तां धनेशो ऽपि सद्यः
शापस्यान्तं सदयहृदयः संविधायास्तकोपः ।
संयोज्यैतौ विगलितशुचौ दम्पती हृष्टचित्तौ
भोगानिष्टानभिमतसुखान्त्रापयामास शश्वत् ॥ XV. ॥

॥ इति श्रीकालिदासकृते मेघदूताख्ये काव्ये
प्रक्षिप्ताः श्लोकाः ॥

Anmerkungen.

1, a. °रात् t und M der auf das Vârttika zu P. 1, 4, 24, verweist. Alle anderen ° रम्° । Die Composition scheint durch P. 2, 1, 37—39 nicht gerechtfertigt. — 1, b. °भोग्येण M nach P. 8, 4, 13. Alle anderen °न ।

3, a. M कौतुका° । Beim Anblick der Wolke erwacht die Sehnsucht nach der Erquickung durch den Regen, welchen die Wolke verspricht. Die anderen Commentare und Handschriften कोतका°

4, a. HHarKw °नार्थं । BhRS नार्थां । BCDM °नार्थीं ।

5, d. D प्रणयकृपणाः ।

6, d. D याञ्चा बन्ध्या ।

8, b. cik °सत्यः die anderen °सन्त्यः । — 8, cd. „Welcher andere möchte wohl, wenn du gerüstet bist (Wasser zu spenden), die durch die Trennung bekümmerte Gattin vernachlässigen (vergebens warten lassen), der nicht so wie ich von anderen abhängig ist?" d. h. jeder andere, unabhängige, wird beim Beginn der Regenzeit zur Gattin heimkehren; ich aber muss auf Befehl meines Herrn in der Fremde bleiben.

9, b. सगन्धः erklärt M durch सगर्वः was die meisten anderen im Texte haben; CHK तोयगृध्नुः । — 9, c. BhHarRS चमपरिचयं D स्थिरपरिचयं । „Die Balâkâs bilden einen Kreis, um das Fest der Begattung aufs neue zu feiern." Nach einem Citate bei M aus dem Karṇodaya begatten sich die Balâkâs bei Ankunft der Wolken in der Luft.

11, a. Ich bin BhHarKR gefolgt. DM °त्प्रामबन्ध्यां ।

12, c. t भवता alle anderen भवतो । M construirt richtig यस्य भवता संयोगमेत्य स्नेहव्यक्तिर्भवति । „Nimm Abschied von dem Berge, welcher, jedesmal wenn er deinen Besuch erlangt hat, dir seine freundliche Gesinnung offenbart." Das Zeichen dieser Gesinnung ist der Dampf (बाष्प) welchen der von der Hitze des Sommers durchglühte Berg ausströmt, wenn der Regen auf ihn fällt (vergl. Kum. S. 5, 23. Râm. 4, 27, 4). M hat aber wohl darin Unrecht, dass er diesen Dampf (das Weinen) als Zeichen der Freude über die Zusammenkunft nach langer Trennung auffasst. „Heisse Thränen" sind bei Kâlidâsa immer Thränen des Schmerzes (s. Schütz z. d. St.); der Berg weint jedesmal beim Abschiede der Wolke über die bevorstehende lange Trennung.

13, a. D अनुकूलं ।

14, a. Har वहति । — 14, 6. DM दृष्टोत्साहः । — Nach M enthält dieser Vers eine Anspielung auf Verhältnisse in Kâlidâsa's Leben. Kâlidâsa hatte einen Mitschüler Namens Nicula, der selbst ein geschmackvoller (सरस) Dichter war und Kâlidâsa's Dichtungen gegen den scharfen Tadel eines Gegners, Namens Diṅnâga, in Schutz nahm. Dieser Vers soll nun folgenden Nebensinn ausdrücken: „Indem du (o mein Gedicht) in deiner Erhabenheit wahrgenommen wirst von Männern, die in der Beredsamkeit vollendet sind, und von Frauen, welche dabei denken: ob es wohl dem Berge (d. h. den Diṅnâga) den Vorrang entreissen wird? erhebe dich von diesem Orte, an welchem der geschmackvolle Nicula weilt, hoch empor, indem du die Besudelungen durch die groben Hände Diṅnâga's vermeidest." Ueber die allerdings sehr unsicheren Schlüsse in Betreff der Lebenszeit Kâlidâsa's, welche sich aus dieser Angabe ziehen liessen, sofern unter Diṅnâga der buddhistische Schriftsteller dieses Namens zu verstehen wäre, s. Webers Bemerkungen in der Zeitschr. d. d. Morg. Ges. 22, 726 und S. Goldschmidt's Berichtigung, ebd. 26, 808.

15, b. M nimmt वल्मीक in seiner eigentlichen Bedeutung: Ameisenhaufen; S als Name einer Kuppe des Râmagiri — 15, c. BHHarKRS आलप्यते । —

16, a. BhDHarKRS भूविकार° । — 16, d. BhRS किञ्चिद्देवोत्तरेण । D किञ्चित्प्स्यात्प्रवलय गतिं भूय° । —

19, b. BDM °त्सर्गंद्रुत° erklärt durch उत्सर्गेण । Har °सर्गाल्लघुतरगतिः । — 19, d. „wie den Zierat, welcher in gebrochenen Linien auf dem Leibe des Elephanten gezeichnet ist." M भूतिमांतङ्गशृङ्गारे जातौ भस्मनि सम्पदीति विश्वः । Bei Medinî dürfte zu lesen sein भूतिर्भस्मनि सम्पत्तिहस्तिशृङ्गा-

Anmerkungen.

रयोः क्रियाम् statt सम्पत्तौ । — भक्ति erklärt M durch रचना रेखा Zeichnung, Linie. Vergl. Kum. S. 8, 69. —

20, b. D जम्बूषण्ड । — Nach M liegt in diesem Verse eine medicinische Anspielung. Wenn jemand erst durch Vomitive den Körper gereinigt (वान्त) und dann zur Austreibung des Phlegma (श्लेष्मशोषणाय) leichtes adstringirendes Wasser getrunken und dadurch Kraft gewonnen hat, wird er nicht vom Winde (वात = Rheumatismus) ergriffen werden.

21, c. Statt दुग्धा॰ liest M जग्ध्वा॰ mit Beziehung auf कन्दली: । Mit dieser Lesart hängt es wohl zusammen, dass M सारङ्गाः । durch „Antilopen" oder „Elephanten" erklärt, während andere es für „Câtakâs" nehmen, M erwähnt aber auch unsere Lesart. — 21, d. H नवजलमुचः । —

22, a. मत्प्रियार्थे „mir zu Gefallen" oder "meiner Gattin wegen." — 22, c. D सनयनजलै: । — 22, d. „Entschliesse dich, wenn es dir auch schwer wird." Der Potent. als Bitte.

23, b. BDHkw नीडारम्भे । — 23, c. BBhDHHarRSw फलपरिणति॰ ।

24, b. BBhHHarRS फलमतिमहत् । — लब्धा ist hier nicht 3 sing. fut. sondern partic. fut. „um zu erlangen ... wirst du trinken." gk. लब्ध्वा passt nicht; der Lohn wird erst in den folgenden Worten genannt. M fasst लब्धा als 3 sing. fut. pass. und liest 24, c यस्मात्, in t यत्तत् statt युक्तं । —

26, a. BHRSkw नगनदी । BhK नवनदी als nom. propr. DM वननदी । M erwähnt die Lesart नदनदी । —

27, b. BHw मा च । — 27, c. BhHarS स्फुरण॰ die anderen स्फुरित । t यत्र । — 27, d. t वश्चितः स्याः । —

28, a. H क्वणित॰ । — 28, c. BDHkw रसाभ्यन्तरं । — 28, d. CHw प्रणयि॰ । —

29, a. CD ॰सलिलां । M ॰सलिलासावती॰ t सलिला सा स्वती॰ । D सिन्धुं । — 29, b. BBhHHarRSw श्रीर्णं॰ । — 29, c. g ऽसुभगवि॰ । —

30, a. BBhHHarRSkw अवन्तीमुद्॰ . . वृद्धां । —

31, c. k तच । —

32, a. DH धूमैः । 32, b. Dît नृत्तोप॰ die anderen नृत्योप॰ । — 32, c. M ॰खेदं नयेथाः । die anderen Commentare: खिन्नत्रातां wo dann 32 u.

33. zusammenhängen. — 32, d. t पर्यङ्कबद्धों । H मुक्ता खेदं । D रात्रिं नीत्वा । —

33, a. D दृश्यमान: । — 33, b. BhHarRS चण्डेश्वरस्य । — 33, d. w nach anderen Comm.: क्रीडाविरत d. i. अविरत । —

34, b. „Bis die Sonne den Bereich der Augen überschreitet", d. h. bis zur Abenddämmerung, in welcher die Darbringung an Çiva stattfindet. So M. Die anderen Comm. यावदर्भेति d. h. nach K: „bis die Sonne wieder aufgeht;" nach BhHarRS: „so lange sie in den Bereich der Augen tritt, so lange sie nicht untergeht."

35, a. bci पादन्यासैः । — 35, c. Die Erklärung bei Schütz: „so angenehm wie Nägelzeichen" steht nicht bei M; dieser hat richtig: नखचतेषु सुखकरान् । — 35, d. M आमोच्यन्ते । die anderen ०न्ति । —

36, c. Dt नृत्त die anderen नृत्य । —

37, a. BhHar रात्री । — 37, c. Die Texte schwanken zwischen सौदामन्या und ०मि० । HarRS निकषच्छायया । vergl. Urv. 70. — 37, d. BhR मा च । die anderen मा स्म । — t विक्लबाः । —

38, a. BH वडभौ । —

39, c. BDHw अश्रं । —

40, c. D तस्मात्तस्याः । —

41, b. M in bc Text und Comm. नीत्वा statt हृत्वा । — 41, d. M विवृत० die anderen Comm. पुलिन । C विपुल । —

42, a. BhHarRS पुष्य: statt रम्य: । — 42, b. gw श्रोतो० । — 42, d. t वात: । — gw उडुम्बराणाम् । —

44, b. Har पुत्रप्रीत्या । — Nâtha bei M चेपि statt ०प्रापि । — „Sie befestigt die Pfauenfedern am Ohre, so dass sie zu den (dort schon befindlichen) Lotusblättern gelangen". 44. c. BhHarRS आप्यायये: ।

45, b. BhHarS दत्तमार्ग: । R दत्तवर्त्मा । —

46, a. t चोरै । — 46, c. D und bc im Texte दूरमा० । —

47, c. Bhw, श्रीजुषां । k युषां । —

48, a. M अथ । die anderen Comm. अध: । — 48, d. dieselben अभ्यषिञ्चत् । —

49, c. BhS अधिगमं । —

Anmerkungen.

50, c. BHw विहस्खेव । t विहास्खेव । —
51, a. M. पश्चार्ध° । die anderen Comm. पूर्वार्ध° । — 51, c. BDH च्छा-यया सा । — 51, d. H उपनत° । — BhHarR सङ्गमेना° । —
52, b. प्राप्तगौरं । — 52, d. शुभ्रां । D रम्यां । t वृषोद्गात । —
53, b. M चपित die anderen Comm. चचित । —
54 steht in t hinter 55.
54, a. b. Ich bin von M nur darin abgewichen, dass ich statt seiner Lesart मुक्ताध्वानं mit CK मुक्तध्वानं geschrieben habe. Die Çarabhas werden zornig, wenn die Wolke einen murmelnden Ton von sich giebt. Die anderen Comm. haben:

ये त्वां मुक्तध्वनिमसहनाः खाङ्गभङ्गाय तस्मि-
न्द्र्पोत्सेकादुपरि शरभा लङ्घयिष्यन्त्यलघ्वम् ।

54, c. M वृष्टिपाता° । —
55, b. BD उपहृत° H उपहित° । — 55, c. BhHarRS दूरं statt ऊर्ध्वं । — 55, d. KM सङ्कल्यन्ते स्थिर° t कल्पिष्यन्ते । — C सुरगण° । —
56, b. M संसक्ताभिः । erwähnt aber auch unsere Lesart, welche die anderen Comm. haben. — 56, c. M liest निह्रादस्ते und nimmt मुरज für den Locativ: „wenn dein Schall (निह्रादः) in den Hölen wie der Ton (ध्वनिः) auf der Trommel (मुरजे) ist". Ich übersetze: „wenn dein Ton (ध्वनिः) wie eine Trommel in den Hölen wiederhallt" (निह्रादी स्यात्). —
56, c. D कन्दरासु । —
57, a. H उपक्रम्य । — 57, d. k नियमनायोद्यत° । —
58, c. w तुङ्गोच्छ्रायैः । — 58, d. M प्रतिदिनं । Vgl. Setubandha (P. Goldschmidt) 1, 7.
60, a. Ck तस्मिन्हित्वा । — 60, b. M in bcî विचरेत् । — 60, d. M सोपानत्वं कुरु मणितटारोहणायाग्रयायी । —
61, a. कुलिश ist, wie alle Wörter, welche „Donnerkeil" bedeuten, auch eine Benennung des Diamant. Hem. 1065. Ein Comm. erklärt es durch हीरक w Gloss. M meint, das Wort, welches eigentlich den hundertspitzigen (शतकोटि) Donnerkeil Indra's bezeichne, habe hier bloss die Bedeutung „Spitze" (कोटि). Kir. 7, 14 lassen die Wolken Regen entströmen, wenn sie von den Zähnen der Elephanten aufgerissen werden. — D

तचावश्रं जनितसलिलोद्गारमन्तःप्रवेशं । — 61, c. H ग्राम्मे॰ । — 61, d. M in
ît richtig भायये: । S. Pâṇ. 1, 3, 68. 6, 1, 56. 7, 3, 40. Dafür bc भीषये: ।
61 und 62 stehen in allen Hdschr. und Ausgaben. Im Cod. Bodley.
werden sie nur von HarS erklärt (Aufrecht, Catal. No. 218); M hat beide
in allen Ausgaben, ohne Bemerkung; î sagt nichts von 61, erwähnt aber,
dass 62 bei BhKR fehle.

62, a. t आदधान: auch im Commentar. — 62, b. M कामं । — t ऐरा-
वणस्य । — 62, cd. M;

धुन्वन्कल्पद्रुमकिसलयान्यंशुकानीव वातै-
र्नानाचेष्टैर्जलद ललितैर्निर्विशेस्तं नगेन्द्रम् ॥

62, c. t अंशुकानि खवातै: । — Ueber अंशुक welches niemals „Blatt"
im Allgemeinen bedeutet, sondern nur in der Materia medica die Blätter
der Laurus Cassia (tamâla) s. *Pischel's* Rec. v. Burkhard's Çakuntalâ,
Gött. Gel. Anz. 1873 p. 45 und *Goldstücker's* Dict. — Der Wunschbaum
trägt statt der Blätter feine Gewänder und andere Schmucksachen. S.
Schütz z. d. St.

63, c. M उच्चैर्विमाना । —

65, a. M liest अलकं und nimmt अनुविद्धं nach P. 3, 3, 114 als Subst.
Er tadelt die Lesart अलकं weil dadurch die Reihe der Locative unter-
brochen werde (s. jedoch 65, b); î dagegen meint, der Dichter würde
अनुवेध: gebraucht haben, wenn er eine Reihe von Locativen beabsichtigt
hätte. — 65, b. M आनने श्री: । — 65, d. Bkw ऽपि st. च । — Nach M
sind in diesem Verse sechs Blumen genannt, welche der Reihe nach in
den sechs Jahreszeiten, vom Çarad (Mitte Sept.) an, zur Blüte gelangen.
Damit sei also gesagt, dass alle Blumenreize, welche auf der niederen
Erde in den verschiedenen Jahreszeiten nach einander erscheinen, in Alakâ
zu gleicher Zeit vorhanden sind.

66, c. मधु रतिरसं „Trank, welcher so süss schmeckt wie Liebesgenuss"
(s. Petersb. Wörterb.) nicht wie Bh erklärt: „durch welche die Begierde
(अनुराग) nach Liebesgenuss entsteht." M रतिफलं „dessen Erfolg Liebes-
genuss ist."

67, a. M बिम्बाधराणां । — 67, b. BhHarS वास: कामाद्रि॰ । — 67,
c. BhHarS अभिमुखगतान् । —

68 steht in t hinter 69. — 68, a. BHkw ये विमाना॰ । C यद्विहारा॰ — 68, b. M in ît स्वजलकणिका॰ und danach ist auch der Commentar von c verschieden. Içv. verwirft beide Lesarten und will निजजलकणी: schreiben. Bkw सजलकणिका wohl als nom. pl. zu जलमुच: । C सलिलकनिना । — 68, c. t त्वादृशी । — जालमार्गैः hat M in allen Ausgaben im Commentare, in t auch im Texte, dagegen in bcî im Texte यच जाले: mit den anderen Handschriften und, wie es scheint, auch Commentaren. 68, d. D निपुणं । — t इइरा । —

69, a. M in c erklärt आलिङ्गनो॰ durch आलिङ्गनेषु प्रश्लिथिलीकृतानां श्रान्त्या जलसेकाय वा शिथिलितालिङ्गनानामिति यावत् । Die Frauen sind zu einem उच्छ्रास Aufathmen d. h. Unterbrechung in den Umarmungen veranlasst, weil sie ermattet sind. M in î: भुजोच्छ्रासितालिङ्गनानां d. h. भुजैः उच्छ्रासितानि ‥ शिथिलितानि आलिङ्गनानि यासाम् । So auch t, nur ॰लिङ्गितानां. Mit M in c stimmt K überein, welcher उच्छ्रासितानां durch ज्ञातानाम् erklärt. Die anderen Commentare lesen wie t, erklären aber उच्छ्रासितं durch गाढं । Diese Lesart und Erklärung billigt Içvarakṛishṇa. — 69, c. HarKS प्रेरितास्य॰ । M विश्वदैस्वन्द्रपादैर्निभ्रीचे । —

70. Içv. erklärt den Vers für eingeschoben; die Comm. scheinen ihn alle zu haben. — 70, b. BDHw कुम्भच्छेदै: । — BHw नलिनै: । — 70, c. D मुक्तालम्बस्तनपरिमलिश्लिष्न॰ । — M erklärt पच durch पचलता, in t aber durch मकरिकापच, beides nicht recht passend. Es sind wohl duftende Blätter gemeint. — परिसर nach M s. v. a. प्रदेश । Vergl. Vâsavadattâ 42, 1: मुक्ताहारैः पयोधरपरिसरो मुक्तः । —

71, c. kt ॰भङ्गं । — 71, d. BDHw चटुल । —

72, a. M गृहान् nach P. 2, 3, 31. HarKRS गृहात् wo dann nach Jnânendra Sarasvatî (Tattva Bodhinî vol. I. p. 125, b) उत्तरेण als adj. zu तोरणेन zu fassen sein soll. — 72, c. M यश्योपान्ते । — 72, d. t स्तबक । —

73, b. BhHar कमलमुकुलैः । k कमलकुसुमैः । — 73, d. BhHarKR न ध्यास्यन्ति । Aber आध्यान ist, wie M erwähnt, nach der Kâçikâ उत्कण्ठास्मरणं „sehnsüchtiges Denken". — Die Flamingos, obgleich sie dich erblicken und sehen, dass die Regenzeit nahe ist, in welcher sie sonst nach dem Mânasa ziehen, werden durch den Reiz dieses Teiches gefesselt werden und ihre Sehnsucht nach dem Mânasa aufgeben.

3*

74, a. BhHarR यस्याः । — D निश्चितमि° । — 74, b. Har वेष्टनः । —
75, a. BhHarS केशरस्तच । — 75, b. BhHarR प्रत्यासन्नः । —
76, c. Mk शिञ्जावलय° । — w कान्तया नर्तितो मे ।
77, c. M चामच्छायं । —
78, a. MD शीघ्रसम्प्रातहेतोः । Unsere Lesart ist mit dem folgenden zu verbinden: „Setze dich, um ihr Hülfe, Trost zu bringen, auf den Hügel nieder".

79, a. w शिखर° was nach den Commentaren bedeuten soll: „Zähne wie Jasminknospen" oder „wie Rubin". S. w Vocab. — Nach M haben die spitzen Zähne der Frau die Vorbedeutung, dass ihr Gatte lange leben werde; im Sâmudrika heisse es: दन्ताः शिखरिणो यस्या दीर्घं जीवति तत्प्रियः । Vgl. R. 3, 52, 27. — w अधरौष्ठी । — 79, d. t या तचाखे Comm. निवसति । — Bkw आदैव । —

80, a. BhHarKRS जानीयाः । — 80, d. C तुहिनमथितां । —
81, a. D °नेवं बह्नानां । — 81, b. w अधरौष्ठं । — 81, d. Ht in Text und Comm. खदुपसरण° die anderen खदनुसरण° । —

82, a. w पुरे । — „Sie wird dir bald ins Auge fallen". Vgl. Mâlav. p. 57, ult. आलोए पडिदो und Urv. 109. स्थिता ते दूरालोके । — बलि Opfer, welche sie bringt, um die Götter für den abwesenden Gatten gnädig zu stimmen. M. — 82, b. w °तनुताभाव° । — 82, c. t शारिकां । — 82, d. निभृते nehmen HarR als Locativ: „in der Einsamkeit"; F als Vocativ: „o du Schweigsame"; die Sârikâ plaudert nicht, weil sie über den abwesenden Herrn trauert. M रसिके । —

83, b. M erwähnt गीतं statt गेयं । — 83, c. M तन्वीमाद्रं und so auch Comm. zu Daçarûp. 4, 60 (p. 189).

84, a. HM विरहदिवस° । — D प्रस्थितस्य । — 84, b. DM दत्तपुष्पैः । — 84, c. t सम्भोगं वा । BhHarKR संयोगं वा ... आसादयन्ती । — 84, d. M विरहेष्वङ्ग° । —

85, a. D खेद्येत । — Dt विप्रयोगः । — 85, d. Ich bin t gefolgt. „Du, der du im Stande bist, sie durch Botschaft von mir zu erfreuen, tritt an das Fenster des Hauses und siehe die Gute um Mitternacht schlaflos auf der Erde liegend." ck सौधवाता° । CHarK सन्नवाता° । BharR °शयनसन्नवाता° । —

86, a. t im Texte विरह॰ im Comm. विरहि॰ । — M सन्निषसैक॰ । —
86, c. BhHarRC चषमिव । — 86, d. BhHarKR विरहजनितै: । —
88, c. M सम्भोग: । — D und t Text कथमुपनमेत् Comm. उपगमेदा-
गच्छेत् । bc कथमुपनयेत् । Har चणमपि भवेत् । C सुखमुपनयेत् । Ich bin
BhR gefolgt.
89, b. Har या . . ॰या । C सा . . ॰या ।—
90, a. M पेशलं । CHar कोमलं । — 90, c. Cw त्र्यं । D त्र्यं । HarKS
जललव॰ । B जलकाए॰ । R (Schütz) नवजलकएां । —
91, d. î führt an सकलं । — t मया तत् । —
92, d. M शोभाञ्चल॰ । —
93, b. w चिरविरचितं । — 93, d. HarS कनककदली । —
94, b. DM अन्वासीनां . . सहस्र । î erwähnt: अन्वासीन: । —
95, c, M विद्युद्गर्भै: स्तिमित॰ । K ॰र्गभे als Voc. Ich bin BhHar gefolgt;
R nimmt विद्युत्काम्प als Voc. — 95, d. M धीर: स्त॰ । R धीरस्तनितवचन: ।
Bh धीरध्वनितवचनै: । Meine Lesart wird von Bh erwähnt; Bh und R er-
wähnen noch धीरध्वनितवचनं und Bh noch ॰वचन: । Beide stellen anheim
धीर als Voc. zu nehmen.
96, b. Ich bin M gefolgt. C मनसि । BhHarRS तत्सन्देशान्मनसि नि-
हितात् । w त्वत्सन्देशात् । k त्वत्सन्देशै: । — 96, c. t बृन्दानि । —
97, b. BhHarRS सभ्राष्य । — bc चैवम् । — 97, d. îw उपगत: । C
उपहृत: । —
98, b. M in bc ब्रूयादेवं und im Comm. भवानिति शेष: । — 98, c.
BhHarR वियुक्तां । — 98, d. So lesen BhHarR; ich weiss aber nicht, ob
आश्वमाश्वासं heissen kann: „das erste worüber man sich zu beruhigen,
was man zu erfahren wünscht." Bh bei î hat अवधानीयं, w Gloss. अवधा-
रणीयं als Erklärung. M liest die ganze Zeile:

पूर्वाभाष्यं सुलभविपदां प्राणिनामेतदेव ।

wo i पूर्वाशास्यं lesen möchte.
99, a. gw सुतनु । Dt तनु च । — 99, b. BH अश्रुद्रुतं । D अश्रुद्रवं । —
99, c. M उष्णोच्छ्वासं । — 99, d. M तै: statt ते । —
100, ab. „Er, der selbst das, was er auch in Gegenwart von Freunden
dir laut hätte sagen können, dir ins Ohr zu sagen begierig war, um dabei
dein Antlitz zu berühren." — 100, c. M अदृष्ट: । — 100, d. w सम्मुखेन । —

101, a. BhHKRS प्रेक्षिते । — BHw दृष्टिपातान् । — 101, b. BhHarKR गण्डच्छायां । w गण्डच्छायं । — 101, d. M एकस्मिन् । —

104, d. bc Text पूर्वसृष्टं । —

105, a. BhHarKRS चूर्णमिव । — t मया statt कथं । — 105, d. bc गाढोष्माभिः । —

106, a. M in t liest न तु erwähnt aber, dass Nâtha ननु lese. — Har आत्मना नाव° । — 106, b. îgw सुतरां । — 106, c. Kgw उपगतं । —

107, b. c मासानन्यान् । BhHar मासानेतान् । — 107, c. M in ît erklärt गणितं एवं करिष्यामीति मनस्यावर्तितं । M in c गुणितं mit derselben Erklärung, die doch nur auf गणितं passt. Har गुणितं । k जनितं । —

108, a. Ich bin BhHar gefolgt. M: भूयस्त्राह त्वमपि wo î अचि statt अपि vorschlägt. — 108, b. c सस्वनं । BhHarK सस्वरं । —

109, b. M in c Text und Comm. चकितनयने । — 109, c. t ते ह्यभो° । „Man sagt, Neigung schwinde sehr in der Trennung; sie wird aber vielmehr zu einer Fülle von Liebe, da sie, weil der Genuss fehlt, das Verlangen (रस) nach dem gewünschten Gegenstande verstärkt." — BhHar:

स्नेहानाङ्गः किमपि विरहव्यापदस्ते लभोग्या
दृष्टे वस्तुन्युप° ।

110, a. w एनां statt एवं । — K °विरहादुग्र° । — w सखीं मे । — 110, b. w शैलाद्स्मात् । — 110, c. t साभिज्ञानं । —

111 fehlt bei RS. — 111, b. DK प्रत्याख्यातुं । — CM in î und die anderen Comm. तर्कयामि । — Man muss annehmen, dass nach der ersten Zeile eine Pause eintritt. Da die Wolke auf die Frage nicht antwortet, fährt der Yaksha fort: „Ich erkläre mir dein Schweigen nicht aus einer Zurückweisung", d. h. ich glaube nicht, dass du schweigst, weil du meine Bitte nicht erfüllen willst. Das Petersb. Wörterb. fasst प्रत्यादेशान् als Accusativ; mir würde der plur. hier nicht ganz angemessen erscheinen. î will einfach प्रत्यादेशं corrigiren.

112, a. „Hast du mir, der ich mich in einer unangemessenen Bitte bewege, diesen Liebesdienst erwiesen." So M in bcî. Dafür hat t प्रियमनुचितं प्रार्थनादात्मनो मे । „Hast du mir auf mein Bitten diesen dir nicht angemessenen Liebesdienst erwiesen." CK अनुचितप्रार्थनावर्तनो मे । Bh Har. प्रियसमुचितं प्रार्थनं चेतसो मे । S प्रियसमुचितं प्रार्थनाचेतसो । — 112, c. cî बबद्ध विचर ।

Anmerkungen.

I. steht in k nach 16, in BCDH nach 17, in w nach 18; wird nach î (Anm.) nur von HarS erklärt. — I, a. BHkw चित्रकूट: । — I, b. BD साध्यमान: । — I, d. D सत्कारार्द्रैः । —

II. hinter 21 in BCHbcktw, von M als unächt bezeichnet; bei î in den Anm. mit der Angabe, dass er von BhHarKRS erklärt werde. — II, a. BCHîkw रभसान् । — II, d. t सोत्काण्ठानि । —

III—V. in t nach 31, von M als unächt bezeichnet; in î (Anm.) als unächt; sie scheinen also in den anderen Commentaren zu fehlen. III. IV. in C nach 31. — III, a. t घुटिकान् । — III, b. t घासश्रामान् । —

V. VII. in C nach 64; VI. in C nach 67, in k nach 68. — VI. VII. in bct nach 65, von M als unächt bezeichnet; in î (Anm.) desgl.

VIII. in Cbct nach 66, von M nicht als unächt bezeichnet; fehlt nach î (Anm.) in den anderen Commentaren. VIII, a. bc सलिलशिशिरै: auch im Comm.

IX. nach 69 und X. nach 71 in Cbcît; fehlen nach î in den anderen Commentaren.

XI. in k nach 86, in Hî (Anm.) nach 85, von î bloss als unächt bezeichnet. — XI, a. H कथमपि । — XI, b. k एकप्रेक्ष्या । —

XII. in H nach XI; von î (Anm.) nach 89 als unächt bezeichnet.

XIII in BCHkt nach 101, in w nach 102; von î (Anm.) als unächt bezeichnet.

XIV. XV. in Ct nach 112; XV in kw nach 112; î (Anm.) bezeichnet beide als unächt, XV. werde von K erklärt. — XIV, d. t ह्युत्तमेषु । — XV, b. t सन्निधाय । — XV, d. t भूय: statt शश्वत् । —

Wörterbuch.

अ

अ verneinendes Präfix, bildet I. Karmadh. mit Adj. 5. 10. 16. 24. 34. 39. 67. 71. 76. 81. 89. 90. 91. 99. 109. XIII. — mit Subst. 51. 96. 109. — mit part. 5. 10. 98. 100. 112. XIII. — mit Adv. 89. 90. 108. — II. Bahuvr. s. अबल und अभरण ।

अंसुक n. Zeug, Gewand. 62.

अंस mn. Schulter. 59.

अचस्य unvertilgbar, unerschöpfl. IX.

अचि n. Auge. In Compos. अच f. ई 92.

अगार n. Wohnung, Haus. 72.

अग्नि m. Feuer. 53. I.

अग्र n. Spitze, Gipfel. 15. 64. 68. Anfang, Erstes. 35.

अग्रणी m. Anführer. V.

अङ्क m. Zeichen, Verzierung, 49. 83. Mahl. V.

अङ्कित bezeichnet, verziert. 12. 32.

अङ्ग n. Glied, Körper. 19. 31. 54. 69. 99. 101. 104.

अङ्गना f. Frauenzimmer, Frau. 10. 14. 27. 67. 84. XI.

अचल unbeweglich. m. Berg. 18. 52.

अचिर nicht lang, kurz (v. d. Zeit). Abl. bald. 91.

अचेतन bewusstlos, leblos. 5.

अच्छ klar, rein. 51.

अजिन n. Fell. 36.

अञ्ज् 7. mit वि offenbaren, wahrnehmen lassen. p. व्यक्त deutlich, sichtbar. 55. XIII. Caus. dass. 29.

अञ्जन n. Augensalbe. 59. 92.

अट्टहास m. lautes Lachen. 58.

अतस् deshalb. 39.

अति praef. überaus, sehr. 76. s. अत्यन्त u. अत्यादित्य ।

अतितराम् in hohem Grade. 15.

अतिथि m. Gast. 58.

अत्यन्त beständig. 106.

अत्यादित्य die Sonne übertreffend. 43.

अत्र hier, dort. 75. IV.

अथ dann, darauf. 48.

अदस् dieser, er. 12. 51.

अद्रि m. Berg. 2. 14. 44. 57. 59.

अधम niedrig. 6.

अधर m. Unterlippe, Lippe. 88. —

अधरोष्ठ n. Unter- u. Oberlippe, die Lippen. 79. 81.

अधिकम् überaus, sehr. 21.

अधिकार m. Amt. 1.
अधिगुण mit hohen Eigenschaften begabt. 6.
अधीन abhängig. 8.
अधुना jetzt. 77.
अध्वन् m. Weg, Reise. 17. 32. 38. 45. 52. I.
अनल्प nicht wenig, nicht gering. 39.
अनिभृत unruhig, hastig. 67.
अनिल m. Wind. 20. 56. 95.
अनु an, längs. Avyay. अनुकच्छम् am Ufer. 21. VIII. — bei. 50. — nach: तदनु darauf. 13.
अनुकूल günstig. 9. angenehm. 31.
अनुकृति f. Nachahmung. 68.
अनुक्रोश m. Mitleid. 112.
अनुग nachgehend, nachfliegend. 47.
अनुचर m. Begleiter, Diener. 3.
अनुचित ungewöhnlich, unangemessen. 112.
अनुरूप entsprechend, passend. 13.
अन्त mn. Ende, Schluss. 89. 93. 107. XIII. XV. — Zipfel. 8. — Strecke. s. वनान्त 23.
अन्तर् innen. 49. — अन्तर्भवनम् in das Haus. 78. im Hause. IX.
अन्तरात्मन् m. Seele, Herz. 90.
अन्तर्जलौघ m. die innere Wassermasse. 60.
अन्तर्बाष्प Thränen im Innern zurückhaltend. 3.

अन्तर्हास m. inneres Lachen. 108.
अन्तस्तोय Wasser in sich bergend. 64.
अन्तःसार im Innern Kraft (Wasser) habend. 20.
अन्य anderer. 8. 34. 75. 80. VII.
अन्यथावृत्ति in anderem Zustande, in anderer Stimmung. 3.
अन्यरूप von veränderter Gestalt. 80.
अप् f. Wasser. 49.
अपगम m. Weggehen, Entfernung. 69.
अपनयन n. Entfernen. 26.
अपाङ्ग m. äusserer Augenwinkel. 22. 27. 44. 92.
अपाय m. Weggang. 77.
अपि auch 3. 8. 17. 28. 34. 39. 40. 49. 90. 100. 102. 105. 106. 110. 112. I. VII. XI. XIII. XIV. XV. — sogar, schon. 40. — obgleich. 22. 46. 67. 73. 83. 111. — wenigstens. 88. — अपि च und. 92. चापि dass. 108. — pleonastisch. पुनरपि 38. — क्वचिदपि न 101. — s. कथमपि u. किमपि ।
अपेक्षा f. Rücksicht. 17.
अबल kraftlos, schwach. f. Frau, die Schwache. 2. 90. 96. 98. X.
अभिख्या f. Schönheit. 77.
अभिगम m. Kommen, Besuch. 49.
अभिज्ञ kundig. 16. IV.
अभिज्ञान n. Zeichen. 109. 110.
अभिनव neu, frisch. 95.
अभिमुखम् entgegen, gradezu. 67. 87.
अभिराम lieblich, reizend. 51.

अभिलाष m. Wunsch, Verlangen. 107.
अभिलाषिन् begierig, verlangend. 75.
अभोग m. Nichtgeniessen. 109.
अभ्यन्तर vertraut. 28.
अभ्यसूया f. Unwille, Zorn. 39.
अभ्र n. Wolke. 63. 87.
अभ्रंलिह् bis an die Wolken reichend. 64.
अमर unsterblich. m. Gott. 18. VIII.
अमृत n. Unsterblichkeitstrank. 87.
अमोघ nicht verfehlend. 71.
अम्बुवाह m. Wolke. 96.
अम्भस् n. Wasser. 51. II.
अम्भोज n. Lotus. 62.
अरण्य n. Wald. 21.
अर्घ m. Ehrengabe. 4.
अर्चिस् f n. Flamme, Strahl. 67.
अर्थ् 10. m. प्र begehren. VIII.
अर्थ m. Sache, Gegenstand. 38. 56. 111. Sinn, Inhalt. 5. — Accus.
अर्थम् wegen, für. 4. 22.
अर्थित्व n. Zustand eines Bittenden. 6.
अर्ध m. Hälfte. 21. 51.
अर्धेन्दुमौलि m. der einen Halbmond als Diadem trägt, Çiva. 55.
अर्ह् 1. müssen. 40. 53. 78.
अलक mn. Locke. 8. 63. 65. 70. 81. 88. 92.
अलका f. Name der Stadt Kubera's. 7. 63.
अलम् adv. genug, hinreichend. 53. im Stande. 64. 85.
अलस träge, langsam. 79.

अल्प klein, wenig, gering. 30. 39. 78.
अवकाश m. Platz, Gelegenheit. 88.
अवधि m. Endpunkt, Frist. 84.
अवनि f. Erde, Erdboden. 85. XII.
अवन्ति m. pl. Name eines Volkes und Landes. 30.
अवलम्ब m. Hängen an etwas. 69.
अवलेप m. Besudelung, Hochmuth. 14.
अवशेष m. Ueberbleibsel. III.
अवश्यम् adv. gewiss. 10. 61. 90.
अवस्था f. Zustand. 18. 29. 105.
अविकल nicht mangelhaft, vollständig. 24. 34.
अवितथ nicht nichtig, günstig. XIV.
अविधवा f. Nichtwittwe. 96.
अविरत unaufhörlich. 99.
अविश्वासिन् misstrauisch. 109.
अशरण schutzlos, hülflos. 105.
अशिशिरता f. Hitze. 81.
अशोक m. ein Baum, Jonesia Asoka Roxb. 75.
अश्रु n. Thräne. 86. 99. 103.
अस् 2. sein. 7. 8. 26. 27. 39. 51. 54. 56. 58. 59. 61. 79. 94. 101. 105. 108. VII. XI. XIV.
अस् 4. werfen; fahren lassen. XV.
— m. नि niederlegen, niedersetzen. 13. 59. 81.
— m. विनि durch Niederlegen bezeichnen. 84.
— m. सन्नि ablegen. 90.
असकल s. सकल 81.

Wörterbuch.

असकृत् öfter, wiederholt. 89. 90. 108.
असित schwarz. 109.
अस्तम् mit गम् untergehen. Caus. vernichten. 1.
अस्थान n. unrechter Ort. 51.
अस्मदीय unser. 72.
अस्र n. Thräne. 39. 90. 99. 102. XII.
अह् sagen, nennen. 100. 109.
अहन् n. Tag. 85. 87. 105.

आ

आ praep. bis. m. d. Abl. 11. in compos. 88. — praef. ein wenig. 34.
आकाश m. Luftraum. 103.
आकुल voll, dicht besetzt. 23. 92.
आखण्डल m. Indra. 15.
आख्या f. Benennung. 25. IX.
आगन्तु herbeikommend. IV.
आतप m. Hitze. 105. XIII.
आतपत्र n. Sonnenschirm. 11.
आत्मन् m. das Selbst, die eigene Person. 40. 43. 47. 98. 102. 106. 107.
आदर m. Ehrfurcht. 33.
आदित्य m. Sonne. 43.
आदेश m. Anweisung. X.
आद्य erster. 28. 79. 89. 98.
आधान n. Empfängniss, Erzeugen. 3. 8. गर्भाधान ।
आधि m. Sorge, Kummer. 86.
आनन n. Antlitz. 65. 100.
आनन्द m. Freude. VII.
आप् 5. erlangen. Desid. ईप्स् wünschen. 111.

— m. प्र erreichen, wohin gelangen. 30. 41. 52. 72. — erlangen. 35. XIV. — treffen. 67. — kommen. 17. — Caus. gelangen lassen. XV. befördern, übersenden. 5.
आभरण n. Schmuck. 90. V.
आभा f. Glanz, Schein. 59.
आभोग m. Krümmung, Rundung. 89.
आमोद m. Wohlgeruch. 31.
आम्र m. Mangobaum, Mangifera indica L. 18.
आम्रकूट m. Name eines Berges. 17.
आयाम m. Ausstreckung. 57.
आयुष्मत् lange lebend. 98.
आरम्भ m. Beginnen, Thun, Machen. 23. 36. 54. 71. 84.
आरोहण n. Besteigen. 60.
आर्ति f. Leid, Qual. 53.
आर्द्र nass, feucht. 36. 43. 83. weich, warm. 90. I.
आलम्बन n. Stützen, Befestigen. 4.
आलम्भ m. Tödtung. 45.
आलाप m. Gespräch. IX.
आलिङ्गन n. Umfassung, Umarmung. 69.
आलिङ्गित n. Umarmung. II.
आली f. Linie, Reihe. 78.
आलेख्य n. Malerei. 68.
आलोक m. Anblick. 3. Blick. 37. 82.
आवर्त m. Wirbel. 28.
आविस् offenbar. 21.
आशा f. Himmelsgegend. 27.
आशा f. Hoffnung. 10.

आशाबन्ध m. Band der Hoffnung; Spinngewebe. 10.
आशु schnell. 22. 39. 110.
आश्रम m. Einsiedelei. 1. 98.
आश्लेष m. Umarmung. 3. 103.
आषाढ m. der Monat Âsbâḍha. 2.
आस् 2. sitzen. 52. 94.
— m. अधि sich auf etwas setzen. 76.
आसार m. Platzregen. 17. 43. I.
आस्वाद m. Geschmack. 41.

इ

इ 2. gehen; erreichen. 92.
— m. अति überschreiten. 29. 34.
— m. आ wohin gehen. 66. erlangen. 12.
— m. उप hinzutreten. XI.
— m. अभ्युप versprechen. 38.
— m. परि umschreiten. 55.
— m. वि weggehen, fliehen. XI.
इच्छा f. Wunsch. 36. 86.
इति so. 5. 97. so (sprechend oder denkend). 14. 16. 33. 74. 82. 88. 92. 104. 108. 112. IV.
इत्यम् so. 105.
इत्यम्भूत in solchem Zustande seiend. 91.
इदम् dieser, er. 9. 14. 32. 40. 55. 73. 75. 77. 80. 93. 94. 97. 100. 104. 111.
— अस्मात् daher. 91.
इन्दु m. Mond. 50. 55. 81. 87.
इन्द्रचाप m. Indra's Bogen, Regenbogen. 64.
इन्द्रनील m. Sapphir. 46. 74.

इव wie, gleichsam. 8. 15. 18. 19. 24. 25. 30. 31. 40. 41. 46. 48. 50. 51. 56. 57. 58. 59. 63. 68. 79. 80. 86. 87. 97. 105. V. XII.
इष् 6. wünschen. 102. 109. 112. VII. XV.
— m. अनु suchen, aufsuchen. VIII. XII.

ई

ईक्ष् 1. sehen.
— m. उप vernachlässigen. 8.
— m. प्र anschauen, erblicken. 8. 46. 73. — प्रेक्षणीय anzusehen, aussehend wie. 2. anzuschauen, sehenswerth. 18. 59. 74. — प्रेक्ष्य dass. 15.
— m. वि anblicken. 33. 97. II.
ईश्वर m. Herr, Gebieter. 7. Gemahl. 33.

उ

उच् 4. p. उचित gewohnt, angemessen. 112.
— m. सम् p. gewohnt. 93.
उच्चभुज die Arme emporhaltend. 36.
उच्चैस् hoch. 17. 63.
उच्छ्राय m. Höhe. 14. 58.
उच्छ्वास m. Seufzer. 99.
उच्छ्वासिन् seufzend. 99.
उज्जयिनी f. Name einer Stadt. 27.
उत्क sich sehnend nach. 11.
उत्काठ den Hals emporreckend. VI.
उत्कण्ठा f. Sehnsucht. 80. 97. 99. 100.
उत्कण्ठित sehnsüchtig. 99.
उत्कम्प m. Zittern. 70. II.

Wörterbuch.

उत्कषण n. Aufreissen. 16.
उत्क्षेप m. Emporrichten. 47.
उत्तम höchster, mächtig, vortrefflich. 53. 66.
उत्तर nördlich. 27.
उत्तरेण in nördlicher Richtung. 16. m. d. Accus. 72.
उत्थ entstehend, verursacht. VII.
उत्पतन n. Aufspringen. 54.
उत्पल n. Nymhäe. 26.
उत्पीड m. Hervordringen. 88.
उत्सङ्ग m. Schooss. 83. obere Fläche. 27. 63. 90.
उत्सर्ग m. Entlassen, Ausgiessen. 19. 37.
उत्सुक sich sehnend. 96.
उद् empor; emporgeschossen. 11. III.
उदक n. Wasser. 1.
उदय hoch, stark, heftig. 110. V.
उदङ्मुख nach Norden gewendet. 14.
उदच् f. उदीची nördlich. 14. 57.
उदन्त m. Nachricht. 97. XIV.
उदय m. Aufgang. 70.
उदयन m. Name eines Königs. 30.
उदुम्बर m. ein Baum, Ficus glomerata. 42.
उन्नार m. Ausspeien, Ausgiessen. 63. 68.
उन्नारिन् von sich gebend. 25.
उन्नुन्न n. Aufschlagen, durch einen Schlag öffnen. 61.
उद्दाम zügellos. 25.
उद्भेद m. Aufbrechen (d. Blumen). X.

उद्यान n. Garten. 7. 26. 33. 72.
उद्वर्तन n. Emporspringen. 40.
उद्वेग m. Unruhe, Furcht. 36.
उनिद्र schlaflos. 85.
उन्मुख f. ई emporblickend. 14. 97.
उन्मेष m. Aufleuchten. 78.
उपकार m. Dienstleistung. I.
उपगम m. Ankunft. 65.
उपगूढ n. Umarmung. 94.
उपजिगमिषु hinzugehen wollend, sich nähernd. 42.
उपतटम् adv. am Abhange. 57.
उपपत्ति f. Eintreten, Stattfinden. VII.
उपप्लव m. Unfall, Unglück. 17.
उपरि nach oben. 47. 92. 106.
उपल m. Stein. 19.
उपवन n. Hain. 23. IX.
उपसरण n. Herantreten. 81.
उपहार m. Darbringung, Geschenk. 32.
उपान्त n. Rand, Saum. 18. 24. Nähe. 74. 77.
उर्वी f. Erde, Erdboden. 21. 37.
उल्का f. Flamme. 53.
उष्ण heiss. 12. 86. 105. n. Hitze. VIII.

ऊ

ऊन geringer. 97.
ऊरु m. Schenkel. 93.
ऊर्ध्वम् aufwärts. 58. — nach. 55.
ऊर्मि mf. Welle. 24. 50.

ऋ

ऋ m. आ p. आर्त betroffen, bedrängt. 5.

ए

एक einer. 30. 75. 86. X. XI. XII. einfach. 46. einsam. 80.
एकपत्नी f. treue Gattin. 10.
एकवेणी aus einer Flechte bestehend. 86.
एकस्थ an einem Gegenstande befindlich, — vereinigt. 101.
एकान्ततस् ausschliesslich. 106.
एतत् dieser. 15. 84. 98. 109. 112. XV.
— एनम् ihn. 45. 53.
एव grade, eben, nur. 16. 29. 52. 71. 74. 86. 87. 97. 106. 111. IV.
एवम् so. 98. 110. 112.

ऐ

ऐरावत m. Indra's Elephant. 62.

ओ

ओघ m. Flut. 60.
ओष्ठ m. Oberlippe. 79. 81. s. अधर।

औ

औत्सुक्य n. Sehnsucht. 5.

क

ककुभ m. ein Baum, Terminalia Arjuna. 22.
कच्चित् Fragepartikel, num? 82. 111.
कच्छ m. Ufer. 21.
कटाच m. Seitenblick. 35.
कठिन hart. 89. XII.
कण m. Theilchen, Tropfen. 26. 45. 68.
कणिका f. Tropfen. 95.
कण्ठ m. Hals, Kehle. 3. 33. 94. 108. IX.
कतिचित् einige. 2.
कतिपय einige. 23.
कथ् 10. erzählen, mittheilen, erwähnen. 13. 78. 100. 108. XV.
कथम् wie? 88. 105. XIII. — कथचित् irgend wie, mit Mühe. 83. 94. कथमपि dass. 3. 22. 41. 88. 103.
कथा f. Rede, Erzählung. 30. 80.
कदम्ब m. ein Baum, Nauclea Cadamba Roxb. 85.
कदली f. Pisang, Musa sapientum. 74. 93.
कनक n. Gold. 2. 37. 70. 74. VIII.
कनखल n. N. eines Badeortes. 50.
कन्दर mn. Höhle. 56.
कन्दली f. Pisang, Musa sapientum. 21.
कन्या f. Mädchen, Tochter. 50. VIII.
कपिश braun. 21.
कपोल m. Wange. XII.
कम् 1. p. कान्त geliebt. 1. 72. 76. 97. XI. lieblich. 75.
कमल n. Lotus, Nelumbium. 31. 39. 48. 65. 70. 73. 77. X.
कमलिनी s. स्थलकमलिनी।
कम्प m. Zucken. 95.
कर m. Hand. 41. 67. 89. XII. Strahl. 39.

करका f. Hagel. 54.
करण n. Organ. 5. Körper. 55. 98.
कररुह m. Fingernagel. 93.
करिन् m. Elephant. V.
करुणा f. Mitleid. 90.
कर्ण m. Ohr. 26. 44. 65. 70. 100.
कल lieblich u. undeutlich (Ton) 31.
कलत्र n. Gattin. 38.
कलभ m. junger Elephant. 78.
कलह mn. Zank. VII.
कला f. Sechzehntel. 86.
कलाप m. Pfauenschweif. VI.
कल्पवृक्ष m. ein Baum, von welchem man alles gewünschte pflücken kann. 62. 66. X.
कल्याण f. ई glücklich, trefflich. 106.
कषाय wohlriechend, duftend. 31.
काङ्क्ष् 1. sich sehnen. 75.
— m. आ dass. 88.
काञ्चन f. ई golden. 76.
काञ्ची f. Gürtel. 28.
कातर niedergeschlagen. 74.
कातर्त्व n. Kleinmuth. 106.
कानन n. Wald. 18. 42.
कान्ति f. Schönheit. 15. 81.
कान्तिमत् schön, reizend. 30.
काम m. Wunsch, Verlangen. 6. 83. Liebe. 5. — कामात् freiwillig, gern. 62.
कामचारिन् nach Belieben wandelnd. 63.
कामरूप sich nach Belieben gestaltend. 6.

कामिन् liebend, verliebt, Liebhaber. 2. 63. 70. 71. IX.
कामुक m. Liebhaber. — °त्व n. Abstr. 24.
कार्श्य n. Magerkeit. 29.
काल m. Zeit. 22. 34. 39. 63. 94. — काले काले jedesmal zur bestimmten Zeit. 12.
कितव m. Schelm. 108.
किन्नर m. f. ई N. mythischer Wesen. 56. IX.
किम् wer? 8. 41. 54. 106. XIV. — किञ्चित् irgend einer, einer. 1. 38. n. etwas. 16. 41. 97. — किमपि etwas. 108. 109. — किं स्विद् ob wohl? etwa? 14. — किं पुनर् wie viel mehr? 3. wie viel weniger? 17.
किल wohl, vielleicht. 100. 104. IV.
किसलय n. Schössling, Knospe. 11. 75. 88. 103. 104. X.
कीचक m. Bambusrohr, Arundo Karka Roxb. 56.
कीर्ति f. Ruhm. 45.
कुञ्ज mn. Laube. 19. 20.
कुटज m. ein Baum, Wrightia antidysenterica. 4.
कुन्द mn. Jasmin, Jasminum multiflorum oder pubescens. 47. 65. 110.
कुप् 4. zürnen. p. erzürnt. 102.
कुमुद n. weisse Nymphäe. 40. 58.
कुरवक mn. rothe Barleria. 65. 75.
कुलिश n. Diamant. 61.
कुवलय n. Wasserlilie. 33. 44. 92.

कुशल n. Wohlsein. 4. 98. 110.
कुशलिन् gesund. 109.
कुसुम n. Blume. 4. 10. 32. 66.
कुसुमशर m. der Liebesgott, welcher Blumen als Pfeile hat. VII.
कूजित n. Zwitschern, Girren. 31.
कूट mn. Berggipfel. 110.
कृ 8. machen, thun. 1. 11. 22. 31. 34. 40. 43. 44. (कर्ण stecken). 47. 49. 50. 54. 62 73. 78. 83. 91. 102. (darstellen, zeichnen). 105. 112.
— उप einen Dienst erweisen. 98.
कृत् 6. schneiden, spalten. p. कृत्त 59.
कृतक künstlich, adoptirt. 72.
कृतान्त m. Schicksal. 102.
कृत्य n. Geschäft. 111. कृत्या f. Ausführung. 38.
कृपण in kläglicher Stimmung. 5.
कृष् 1. ziehen. — m. सन्नि p. nahe. 73.
कृषि f. Pflügen. 16.
कृष्ण schwarz, dunkelfarbig. 49.
कृष्णशार schwarzbunt. 47.
कॄ 6. m. अव überschütten. p. कीर्ण 54. — m. सन्नि p. hingestreckt. 86. XII.
कॢप् 1. geeignet werden. 55. Causs. machen, veranstalten. 4.
केका f. Geschrei des Pfauen. 22. VI.
केतक m. ein Baum, Pandanus odoratissimus. n. die Blüte desselben. 23.
केश m. Haupthaar. 32. 50. 101.
केशर mn. Staubfaden. 21. — m. N. eines Baumes. 75.
कैलास m. N. eines Berges. 11. 58.

कोटि f. zehn Millionen. °शस् millionenweise. III.
कोप m. Zorn. XV.
कोविद् kundig. 30.
कौतुक n. Verlangen, Sehnsucht. 3.
कौतूहल n. Neugier. 47.
कौरव den Kuru gehörig. 48.
कौलीन n. Gerede der Leute. 109.
क्रम् 1. gehen, schreiten.
— m. अति an etwas vorübergehen. 57. überschreiten. 100.
— प्र beginnen. 95.
क्रम m. Art, Weise. 106.
क्रिया f. Thun, Ausführung. 111.
क्रीड् 1. m. सम् spielen. VIII.
क्रीडा f. Spiel, Scherz. 2. 33. 61.
क्रीडाशील m. ein Berg auf welchem Spiel getrieben wird. 60. 74. 78.
क्रूर grausam. 102.
क्रोध m. Zorn. 7.
क्रौञ्च m. N. eines Berges. 57.
क्लम् p. क्लान्त ermattet. 35. I. verwelkt. 26.
क्लिश् 9. p. क्लिष्ट beschädigt, beeinträchtigt. 81. 89.
क्लेशिन् beschädigend. 88.
क्व wo? क्व ... क्व ... wie passt dies zu jenem? 5.
क्वचिदपि न nirgend. 101.
क्वण् 1. tönen, klingen. 35.
क्षण m. Augenblick. 26. 62. 86. 105. 112. XI. Fest. 9.
क्षत्र m. Mann der zweiten Kaste. 48.

Wörterbuch.

चपा f. Nacht. 107.
चपित (p. Caus. v. चि) vernichtet. 53.
चयिन् vergänglich. 98.
चाम abgemagert. 79. 86.
चि 5. vernichten. XIII. चीण erschöpft. 13.
चिप् 6. werfen.
— m. आ an sich reissen. 67.
— m. नि niederlegen. 83.
— m. वि hin u. her werfen. 88.
— m. सम् verkürzen. 105.
चीर mn. Milchsaft. 104.
चुद्र niedrig, gering. 17.
चेच n. Feld. 16. 48.
चेप m. Werfen, Hinundherschwanken. 47. — कालचेप m. Hinbringen der Zeit. 22.
चोभ m. Bewegung. 28. 92.
चौम n. Gewand. 67.

ख

ख n. Luft. 9. 14. 58.
खचित besetzt, verziert. 35.
खण्ड mn. Stück. 15. 30.
खण्डित getäuscht, gekränkt. 39.
खद्योत m. leuchtende Fliege. 78.
खन् 1. m. उद् aufgraben, aufwühlen. 52. 110.
खलु ja, allerdings. न खलु ja nicht, wahrlich nicht, durchaus nicht. 38. 77. 91. 111. VII. न खलु न = खलु 103.
खिद् 6. p. खिन्न ermüdet. 13. 38.

खेद् m. Ermüdung. 32. 87.
ख्या 2. m. आ sprechen, sagen. 97. 100.

ग

गगन n. Luftraum. 46.
गङ्गा f. der Fluss Gangâ. 43. 63.
गज m. Elephant. 2. 19. 20. 51.
गण 10. berechnen, ausdenken. 107.
— m. परि erwägen, bedenken. 5.
— m. वि dass. 106.
गण m. Gottheiten in Çiva's Gefolge.. 33. 55.
गणना f. Zählen. 10. 84.
गण्ड m. Wange. 26. 88. 89.
गति f. Gang. 10. 16. 19. 46. 68. 70. 93.
गन्ध m. Geruch, Duft. 21. 42. 52. Uebermuth. 9.
गन्धवती f. N. eines Flusses. 33.
गन्धि am Ende von Compos. = गन्ध 33.
गम् 1. gehen. 13. 20. 22. hingehen, verlaufen. 80. wohin gehen, kommen. 7. 24. 30. 37. 50. 58. 59. 87. 106. I. in einen Zustand gelangen. 6. 78. 106. 108. Caus. hinbringen. (Zeit) 107. vgl. व्रस्तम् ।
— व्यप schwinden. 73.
— आ kommen. 96.
— उप erreichen. 51. s. उपजिगमिषु ।
— परि p. behaftet. 17.
गमन n. Gang. 79. 84.
गम्भीर tief (Ton). 64. 66. — f. °रा N. eines Flusses. 40.
गम्य erkennbar. 82.

4

गर्जित n. Brummen, Donner. 11. 34. 44. 61.
गर्भाधान n. Befruchtung, Begattung. 9.
गल् 1. abfallen, ausfallen. 44.
— m. प्र herabtröpfeln. XII.
— m. वि schwinden. 89. XV.
गवाच m. Fenster. 95.
गाढ (p. गाह्) fest, stark, heftig. 80. 94. 99. 105.
गाण्डीव m. N. von Arjuna's Bogen. 48.
गाच n. Körper. 90.
गाह् 1. eintreten. 48.
गिरि m. Berg. 25. 42.
गुटिका f. Perle, Edelstein. III.
गुण Schnur. 28. 46. Eigenschaft.
गुणवत् vortrefflich. 104.
गुर् schwer. 1. 80. 87. Compar. °तर 85. stark, laut. 44. — m. Lehrer, Herr. 33.
गुह् 1. verstecken. p. गूढ VIII.
— m. उप s. उपगूढ n.
गुह्यक m. ein Yaksha. 5. s. यच ।
गृह n. Haus. 61. Pl. m. dass. 72.
गृहबलिभुज् m. die Brocken des häuslichen Opfers verzehrend, Sperling, Krähe u. a. Vögel. 23.
गॄ 6. m. उद् ausspeien, ausgiessen. 32. 61.
गेय n. Gesang, Lied. 83.
गेहिनी f. Gattin. 74.
गै 1. singen, besingen. 56. — m. उद् dass. 83. IX.
गो f. Erde. 30.

गोच n. Name. 83.
गोप m. Hirt. 15.
गौर weiss, hellgelb. 52. 59. 93.
गौरव n. Schwere, Würde. 20.
गौरी f. Çiva's Gemahlin. 50. 60.
ग्रथित durchflochten. 63.
ग्रन्थि m. Knoten. 94.
ग्रह 9. ergreifen, fassen.
— m. उद् emporhalten. 8.
ग्रहण n. Ergreifen, Auffangen. 44. 50. II.
ग्राम m. Dorf. 23. 30.
ग्लानि f. Ermattung. 31. 69.

घ

घन m. Wolke. 20. XIII.
घर्म m. Hitze, heisse Jahreszeit. 61. XIII.
घोष m. Tönen, Donner. 64.
घ्रा 1. riechen. — m. आ dass. 21.

च

च und. 9. 10. 11. 13. 21. 37. 58. 60. 65. 70. 73. 75. 76. 77. 92. 93. 97. 98. 106. 108. 112. III. VII. X.
चकित erschrocken, ängstlich. 27. 79. 101. चकितचकितम् adv. 14.
चक्र mn. Rad. 106.
चक्रवाक m. f. ई eine Gänseart, Anas Casarca Gm. 80.
चच् 2. m. आ verkünden. XIV.
चचुस् n. Auge. 87.
चतुल beweglich. 40. 105.

Wörterbuch. 51

चण्डी f. Zürnende. 101. Çiva's Gemahlin Durgâ. 33.

चतुर vier. 107.

चतुर geschickt, gewandt. 71. II.

चन्द्र m. Mond. 69.

चन्द्रकान्त m. ein Edelstein. 69.

चन्द्रहास m. Râvaṇa's Schwert. V.

चन्द्रिका f. Mondschein. 7. 107.

चमर m. f. इ Büffel. 53.

चमू f. Heer. 43.

चर् 1. m. वि durchwandern. 112.

चरण mn. Fuss. 55. 102. X.

चरित n. Wandel. s. सुचरित।

चल beweglich. 24. 75. °ल्व n. Zittern. 93.

चाटुकार Schmeichelworte sprechend. 31.

चातक m. ein Vogel, der nur Regentropfen trinkt, Cuculus melanoleucus. 9. 111. II.

चाप mn. Bogen. 64. 71.

चामर n. Büffelschweif, der als Fliegenwedel dient. 35.

चार m. Gang. 60.

चारु schön, lieblich. 65. 72.

चि 5. sammeln.

— m. उप ansammeln. 102. stärken. 32. 109. reichlich darbringen. 55.

— परि p. bekannt, vertraut. 26. 47. gewohnt. 93.

चित्त n. Gedanke, Herz. XV.

चित्र bunt. X. n. Gemälde. 64.

चित्रकूट m. N. eines Berges. I.

चिर lang (v. d. Zeit). 3. 12. 38. 93. s. अचिर।

चुद् 10. anregen. 69.

चूडा f. Zopf. 65.

चूर्ण mn. Pulver. 67.

चेतन bewusst, lebend. 5.

चेतस् n. Gemüth. 3. 40. 74. 105.

चेद् wenn. 51. 53. 56.

चैत्य mn. heiliger Baum. 23.

चौर m. Dieb. 46.

च्यु 1. herabfallen. 94.

छ

छद् 10. p. छन्न bedecken. 18. 73. 87.

छद्मन् n. Schein, Vorwand. 75.

छवि f. Farbe. 33.

छाया f. Schatten. 26. 62. VIII. Abbild, Wiederschein. 40. 48. 51. 66. Schimmer. 15. 35. Farbe. 23. 29. Schönheit 77. 101.

छायातरुm.BaumderSchatten giebt.1.

छिद् 7. zerschneiden, zerreissen. p. छिन्न 70. XII.

छेद m. Stück, Bruchstück. 11. 19. 59.70.

ज

°ज entstanden, verursacht. 12. 45. 65. 88. VII.

जगत् n. Welt. XI.

जघन n. Schamgegend. 41.

जन् 4. p. जात geboren. 6. gewachsen. 26. geworden. 80. Caus. p. जनित erzeugt, verursacht. 69.

जन m. Mensch. 3. 8. XIV. Collect. IV.
जनकतनया f. Sîtâ, Gattin Râma's, Tochter Janaka's, Königs von Videha. 1.
जनपद् m. Land. 16. 48.
जन्मन् n. Geburt, Entstehung. 53.
जम्बू f. ein Baum, Eugenia Jambu. 20. 23.
जर्जर zerrissen, in Stücken. 68.
जल n. Wasser. 21. 22. 26. 43. 45. 46. 60. 62. 68. 69. 90. 95. 111.
जलद् m. Wolke. 13. 94. 112. I. XI. XV.
जलधर m. Wolke. 34. XIV.
जलमुच् m. Wolke. 68.
जवा f. chinesische Rose. 36.
जह्नु m. N. eines Königes, Adoptivvaters der Gangâ. 50.
जाया f. Gattin. 8. 10.
जाल n. Netz, Geflechte. 63. 69. 70. 93. Fenster. 32. 68. 87.
जालक n. Knospenbündel. 26. 95.
जीमूत m. Wolke. 4.
जीवित n. Leben. 4. 80. 110.
जॄ 1. p. जीर्ण welk. 29.
ज्ञा 9. kennen, erkennen. 6. 41. 63. 80. 91.
ज्या f. Bogensehne. 71.
ज्योतिस् n. Glanz. 44. Feuer. 5. Stern. 66.
ज्योत्स्ना f. Mondschein. VI.

त

तट mn. Abhang. 57. 59. Ufer. 29. VIII.
तडित् f. Blitz. 74.
तत्पर darauf folgend. 19. beschäftigt. 10.
तत्र dort. 25. 27. 35. 37. 43. 55. 56. 61. 72. 79. 94.
तथा so. 17. 85. तथैव ebenso. 87.
तद् der, dieser, er. 2. 3. 4. 5. 10. 11. 13. 19. 20. 24. 29. 37. 38. 39. 41. 43. 44. 46. 47. 48. 49. 50. 51. 52. 53. 54. 57. 59. 60. 61. 62. 63. 71. 74. 76. 78. 80. 81. 82. 85. 86. 89. 90. 91. 94. 95. 96. 97. 98. 100. 102. 104. 109. 110. I. IV. XI. XII. XIV. XV.
— तद् n. adv. darum, deshalb. 7. 106. — तेन deshalb. 6. — तस्मात् deshalb. 40. — तत्तद् mancher, verschieden. 57. 64. 107.
तन् 8. m. वि durchdringen, durchmessen. 58.
तनय m. Sohn. 50. 72. 97. — f. आ Tochter. 1. 45.
तनु f. ई schmal. 46. schmächtig. 79. abgemagert. 82. XI.
तनु f. Körper. 78. 86.
तन्तु m. Faden. 69.
तन्त्री f. Saite. 83.
तप् 1. brennen, quälen. 99.
— सम् dass. 7.
तमस् n. Finsterniss. 37. VI.
तरल m. Mittelstein eines Halsbandes. III.

Wörterbuch.

तरु m. Baum. 1. 29. 36. 103.
तर्क् 10. beabsichtigen. 51. sich vorstellen, vermuthen. 91. 111.
ताप m. Qual, Leid. VII.
तार schimmernd, strahlend. III.
ताल m. Händeklatschen. 76. — Die Weinpalme. IV.
तावत् so, Nachsatz zu यावत् 102. — zunächst. 13.
तिज्ज duftend. 20. 33.
तिर्यञ्च् quer, wagerecht. 51. 57.
तीर n. Ufer. 24. 26. 74.
तु aber. 109.
तुङ्ग hoch. 12. 64. 67. I.
तुमुल lärmend, prasselnd. 54.
तुल् 10. aufheben, forttragen. 20. es Jemandem gleich thun. 64.
तुला f. Aehnlichkeit, Gleichheit. 92.
तुषार m. Schnee. 52.
तुषाराद्रि m. der Himâlaya. 104.
तॄ 1. durchschreiten, zurücklegen. 19. — m. अव herabsteigen. 50. — m. उद् überschreiten. 47.
तेजस् n. Glanz. 36. Kraft. 43.
तोय n. Wasser. 19. 20. 33. 37. 61. 64. 73. III.
तोरण mn. Thor, Bogen. 72.
त्यज् 1. verlassen, aufgeben. 29. 39. Caus. 93.
त्रिदश m. pl. die Götter. 58.
त्रिनयन m. der dreiäugige Çiva. 52. 110.
त्रिपुर n. drei Burgen. 56.

त्रिभुवन n. die drei Welten, Himmel, Erde und Unterwelt. 33.
त्रियामा f. Nacht. 105.
त्र्यम्बक m. der dreiäugige Çiva. 58.
त्वत्तस् von dir. 35.
त्वद् du.
त्वद्° 13. 25. 41. 65. 66. 69. 81. 95. 96. 105. XIII.
त्वम् 7. 40. 48. 49. 51. 63. 82. 106. 108. I. V. XI.
त्वाम् 6. 8. 9. 17. 20. 61. 64. 73. 74. 90. 97. 98. 100. 102. I. II.
त्वया 29. 108. 111.
तव 61. 75. 91. 98. 104.
ते 7. 9. 11. 15. 21. 22. 29. 34. 40. 41. 42. 56. 82. 85. 91. 99. 100. 101. 102. 103. 110. 112.
त्वयि 6. 8. 16. 18. 23. 35. 39. 46. 59. 92.
वस् 65. 76.
त्वर् 1. eilen. Caus. zur Eile treiben. 96.
त्वादृश् dir ähnlich. 68.

द

दक्ष geschickt. X.
दक्षिण südlich. instr. südwärts. 104.
दन्तिन् m. Elephant. 42.
दम्पती m. du. die beiden Hausgebieter, Mann u. Frau. XV.
दया f. Mitleid. XV.
दयिता f. Geliebte, Gattin. 4.
दर्प m. Uebermuth. IV.
दर्पण m. Spiegel. 58.

दल n. Blatt. 44.
दवाग्नि m. das Feuer eines Waldbrandes. 53.
दशन m. Zahn. 59. 79.
दशपुर n. N. der Stadt des Königs Rantideva. 47.
दशमुख m. der zehnköpfige Râvaṇa. 58. V.
दशा f. Geschick. 106.
दशार्ण m. pl. N. eines Volkes. 23.
दह् 1. verbrennen. p. दग्ध 21.
दा 3. geben. p. दत्त 32. 60.
— m. आ Atm. nehmen. 20. 46. 62.
दान n. Geben, Mittheilen. 26. 109.
दामन् n. Band, Streifen. 27. Kranz. 89.
दिङ्नाग m. Elephant einer Weltgegend. 14.
दिन mn. Tag. 23.
दिनकर m. Sonne. V.
दिव् f. Himmel. 30. दिवा am Tage. XI.
दिवस mn. Tag. 2. 10. 76. 80. 84. 89.
दिव्य himmlisch. XIV.
दिश् 6. zeigen.
— m. प्रत्या zurückweisen. V.
— m. उद् bezeichnen. 30.
— m. निस् hinweisen. II.
— m. प्र zuweisen, geben. 111.
दिश् f. Weltgegend. 14. 24. 57. 58. XIII.
दीर्घ lang. 31. 35. 99. 105.
दुःख n. Leid. 106. दुःखदुःखेन mit einiger Mühe. 90.
दुकूल n. feines Gewand. 63.

दुर्लभ schwer zu erlangen. 105.
दुहितृ f. Tochter. IV.
दूर fern. n. Ferne. 3. 6. 46. 72.
दूरवर्तिन् in der Ferne weilend. 99.
दूरीभू sich entfernen. 80. fern sein. XIII.
दृश् 4. sehen, erblicken, anschauen. 2. 10. 14. 19. 21. 32. 36. 38. 55. 63. 77. 85. 100. 103. 108. III. Caus. sehen lassen, zeigen. 28. 37.
— उद् voraussehen. 22. 59. sehen. 101.
दृषद् f. Felsen. 55.
दृष्टि f. Sehen, Blick. 46. 78. 102.
दृष्टिपात m. Blick. 101.
देव m. Gott. 42. 45. 71.
देवगिरि m. N. eines Berges. 42.
देवता f. Gottheit. 103.
देवदारु m. ein Baum, Pinus Deodara Roxb. 104.
देश m. Gegend. 112.
देहली f. Schwelle. 84.
दैन्य n. trauriger Zustand. 81.
दैव n. Schicksal. 93.
दोष m. Schaden. 93.
दोहद n. Gelüste. 75.
द्योतिन् glänzend. 18.
द्रुत benetzt. 99. schnell. 19. 22.
द्रुम m. Baum. 104. IV.
द्वन्द्व n. Paar. 45.
द्वार् n. Thor, Thüre. 57. 77.
द्वितीय zweiter. 80.
द्विरद m. Zweizahn, Elephant. 59.

ध

धनपति m. der Gott des Reichthums, Kubera. 7. 71. 72. IX.
धनुस् n. Bogen. 15. 72.
धनेश m. Kubera. XV.
धन्वन् n. Bogen. 48.
धा 3. legen. Atm. annehmen. 36.
— अव p. अवहित aufmerksam. 97.
— नि niederlegen. 90. aufbewahren (im Herzen). 77. 84. 96.
— प्रणि ausstrecken. 103.
— संवि anordnen. XV.
— श्रत् glauben, gläubig sein. 55.
धातु m. Metall. 102.
धातृ m. Schöpfer. 79.
धामन् n. Wohnung. 33.
धारा f. Strom, Regenguss. 48. 53. 61. XIII. s. यन्त्रधारा ।
धीर fest, ruhig, besonnen. 95.
धीरता f. Ruhe, Stillschweigen. 111.
धू 5. धुनोति schütteln. 33. 62.
— अव dass. 35.
— उद् abwerfen. 55.
धूप m. Rauch von verbranntem Räucherwerk. 32.
धूम m. Dampf, Rauch. 5. 68.
धृ 10. halten, tragen, stützen. 41. 90. 110.
धैर्य n. Festigkeit, Eigensinn. 40.
धौत glänzend. 7. 44.
ध्यै 1. nachdenken. 3.
— m. आ an etwas denken. 73.
ध्वंसिन् zerfallend, schwindend. 109.
ध्वनि m. Ton. 56. 66. 96.
ध्वनित n. Getön. 42.
ध्वान m. Ton. 54.

न

न nicht. 6. 8. 17. 20. 27. 40. 54. 61. 71. 73. 85. 87. 101. 102. VII. XI. XIV. — न न bejahet. 63. 103. — न खलु s. खलु । — ननु nonne? ja. 56. 106.
नक्तम् bei Nacht. 37.
नख mn. Fingernagel. 35. 89. XII.
नगनदी f. N. eines Flusses. 26.
नगेन्द्र m. der vornehmste der Berge, Kailâsa. 62.
नचिरेण in kurzer Zeit, bald. I.
नद् 1. tönen, schreien. 9.
नदी f. Fluss. 101.
ननु s. न ।
नभस् n. Himmel, Luft. 11. — m. der erste Monat der Regenzeit, Çrâvaṇa. 4.
नम् 1. sich beugen. Caus. p. नमित gebeugt. 72.
— m. अव sich herabbeugen. 46.
— m. अभ्युद् p. hoch, erhaben. XIV.
— उप herbeikommen. p. उपनत überbracht. 97. genahet. 106.
— परि sich zur Seite beugen. 2. reifen. 18. 23. sich verwandeln. 45. p. voll (Mond) 107.
नम्र gebeugt. 55. 79.
नयन n. Auge. 9. 22. 34. 36. 59. 71. 92. 95. 105. 109. X.

नयनसलिल n. Thräne. 39. 83. 88. VII.
नरपतिपथ m. Königsstrasse, Hauptstrasse. 37.
नलगिरि m. Pradyota's Elephant. IV
नलिनी f. Gruppe von Lotuspflanzen. 30. VI.
नव neu, frisch, jung. 26. 43. 65. 68.
नह् 4. m. सम् p. सन्नद्ध gerüstet, zur Thätigkeit bereit. 8.
नाग m. Elephant. 14. 36.
नागर m. Städter. 25.
नाभि mf. Nabel. 28. 79. Moschus. 52.
नामन् n. Name. 7.
नाल n. Stengel. 73.
निकष m. Probirstein, der Strich auf demselben. 37.
निक्षेप m. Daraufwerfen. VIII.
निखिल ganz, all. 91.
निचुल m. ein Baum, Barringtonia acutangula Gaertn. 14.
नितम्ब m. Hintere. 41.
नितराम् zu sehr. 106.
नित्य beständig, ununterbrochen. VI.
निद्रा f. Schlaf. 88. 94. 108. XI.
निधि m. Schatz. III. IX.
निपुण geschickt. 68.
निभ ähnlich. 78.
निमित्त n. Grund, Ursache. VII.
निम्न tief liegend. 79.
नियमन n. Bezwingung. 57.
निर्दय ohne Mitleid, heftig. 103.
निर्विनोद keinen Zeitvertreib habend. 85.

निर्विन्ध्या f. N. eines Flusses. 28.
निर्ह्रादिन् wiederhallend. 56.
निशीथ m. Mitternacht. 85.
निःशब्द lautlos. 111.
निःश्वास m. Seufzer. 81. 88.
निष्फल fruchtlos. 54.
निष्यन्द m. Guss, Regenguss. 42.
नी 1. führen, wohin acc. 68. in einen Zustand versetzen. 39. 61. 65. vertreiben. 32. hinbringen (Zeit). 2. 38. 86.
नीचैस् niedrig. 25. nach unten. 106. sanft. 42.
नीड mn. Nest. 23.
नीप m. ein Baum, Nauclea Cadamba Roxb. n. dessen Blüte. 21. 65.
नील dunkelblau. 41.
नीलकण्ठ m. Blauhals, Pfau. 76.
नीवी f. Schurz, Gürtel. 67.
नुद् 6. vorwärts treiben. 9.
नूनम् wahrscheinlich, gewiss. 9. 18. 46. 77. 81. 88.
नृत् 4. tanzen. Caus. 44. 76.
नृत्त n. Tanz. 32. 36.
नेतृ m. Führer. 68.
नेत्र n. Auge. 47. 81.
नेमि f. Felge, Umkreis des Rades. 106.
नैदाघ sommerlich. I.
नैश nächtlich. 70.
न्यास m. Niedersetzen (des Fusses). 35. Spur. 55. Auftragen (v. Farbe). X.

प

पक्व reif. 79.
पक्ष्मन् n. Wimper. 47. 87.
पङ्क mn. Schlamm, Koth. 52.
पङ्क्ति f. Reihe. 50.
पञ्चबाण m. der mit fünf Pfeilen bewaffnete Liebesgott. XIII.
पञ्जर n. Käfig. 82.
पट् 10. m. उद् herausreissen. IV.
पट m. Zeug, Schleier. 62.
पटह mn. Pauke. °ता f. Zustand, Rolle, Geschäft einer Pauke. 34.
पटु scharf, hell. 31. geschickt. 5.
पण्य käuflich, feil. 25.
पत् 1. fallen. 70. 78. 102. 103.
— m. उद् emporfliegen. 14.
— नि fallen, आलोके ins Auge. 82.
— सन्नि zusammentreffen. 28.
— m. निस् hinausfliegen. 68.
पति m. Herr, Gebieter. s. धनपति, नर°, पशु, भृगु°, र्घु°, सुर° ।
पत्र n. Blatt. 70. Laub. V.
पथ m. am Ende von Compos. = पथिन् 37.
पथिक m. Reisender. 8.
पथिन् m. Weg. 14. 27. 28. 96.
पद् 4. gehen.
— m. आ gelangen. 15. p. आपन्न unglücklich. 53.
— m. व्या p. व्यापन्न gestorben. 10. 98.
— m. उद् Caus. verursachen. 68.
— m. उप Caus. anwenden. 29.
— m. सम् werden. 11. 23.

पद n. Fuss. 13. 60. Spur. 12. 35. Platz. 55. Gegenstand. 54. Wort. 83. 100.
पदवी f. Pfad. 8.
पद्म mn. Lotusblume, Nelumbium speciosum. VI. m. einer der Schätze Kubera's. 77.
पद्मिनी f. Gruppe v. Lotuspflanzen. 80.
पयस् n. Wasser. 13. 24. 40. VIII.
पयोद m. Wolke. 7.
पर anderer, fremd. 8. später, folgend. 19. 97.
परिगणना f. Zählung. II.
परिचय m. Wiederholung. 9.
परिजन m. Dienerschaft, Leute. XI.
परिणमयितृ m. zur Reife bringend. 42.
परित्राण n. Rettung, Hülfe. 78.
परिभव m. verächtliche Behandlung. 54.
परिमल m. Wohlgeruch. 25.
परिलघु sehr leicht. 13.
परिसर m. Umgebung. 70.
परुष rauh, struppig. 88. hart. 61.
पर्ण n. Blatt. 29.
पर्यङ्क m. Bett. XII.
पर्वत m. Berg. 22.
पवन m. Wind. 8. 9. 14.
पवनतनय m. Sohn des Windes, der Affe Hanumant. 97.
पशुपति m. Herr des Viehes, Çiva. 36. 56.
पश्चात् hernach, darauf, später. 36. 44. 107. nach Westen. 16.
पश्चार्ध m. hintere Hälfte, Hinterleib. 51.

पा 1. trinken. 13. 16. 24. 42. 51.
पाणि m. Hand. 107.
पाण्डु gelblich, weiss. 18. 23. 29. °ता f. Abstr. 65.
पात m. Fall, vom Regen. 48. vom Blicke. 101.
पातिन् hinfallend. 10.
पाचीकृ zum Behälter, Gegenstand von etwas machen. 47.
पाथेयवन्त् Reisekost habend. 11.
पाद् m. Fuss. 32. 35. 57. 75. eines Berges. 19. Strahl. 69. 87.
पादचार m. das Gehen zu Fusse. 60.
पादप m. Baum. VI.
पाप n. Sünde. 55.
पारावत m. Taube. 38.
पार्श्व mn. Seite. 86. XII.
पावकि m. Sohn des Feuers, Skanda. 44.
पाश m. Fülle (von Haar). 65.
पिशुन verrathend. 48.
पीड् 10. quälen. 85.
पुट m. Bündel, Büschel. 104.
पुण्य schön, rein, heilig. 1. 33. n. gutes Werk. 30.
पुत्र m. Sohn. 44.
पुनर् wieder. 38. 63. किं पुनर् s. किम्
पुमस् m. Mann, Mensch. 12.
पुरस् vor. 3.
पुरस्तात् vorn. 15. in Gegenwart. 100.
पुरा bald, mit d. Praes. in der Bedeutung des Fut. 82. 108.
पुरी f. Stadt. 30.

पुरुष m. Mann, Diener. s. प्रकृतिपु°।
पुलकित dessen Härchen sich sträuben, einen Freudeschauer empfindend. 25.
पुष् 4. entwickeln, entfalten. 77.
पुष्कर n. Trommelfell. 66.
पुष्करावर्तक m. N. besonderer Wolken 6.
पुष्प n. Blüte, Blume. 25. 36. 70. 84. VI. X.
पुष्पमेघ m. Blumen regnende Wolke. 43.
पुष्पलावी f. Blumenleserin, -händlerin. 26.
पूर्णता f. Vollsein, Fülle. 20.
पूर्व vorangehend. 42. alt. 87. adv. früher, vorher. 30. 104.
पृथु breit. 46.
पृषत m. Tropfen. 62.
पृ 3. Caus. पूरयति anfüllen. 57.
पेलव zart. 90.
पेशल schön. 80.
पौर städtisch. 27.
प्रकाश m. Glanz, Schein. 76.
प्रकृति f. Natur. 5. 40. Bestandtheil des Staates. s. d. folg.
प्रकृतिपुरुष m. Minister. 6.
प्रकोष्ठ m. Vorderarm. 2.
प्रख्या f. Aussehen. XI.
प्रच्छ् 6. fragen. 82. 93. 108.
— m. आ Abschied nehmen. 12.
प्रणय m. Annäherung. 27. Zuneigung, Liebe. 28. 102. VII.
प्रणयिन् verlangend. 3. bittend. 111. liebend. 10. m. Geliebter, Gatte. 39. 63. 94.

प्रतनु sehr schmal. 29. sehr klein. 101. sehr abgemagert. 99. XIII.
प्रति gegenüber. V.
प्रतिदिशम् adv. nach allen Himmelsgegenden. 58.
प्रतिनव neu, frisch. 36.
प्रतिमुखम् entgegen. I.
प्रत्यक्षम् adv. vor Augen. 91.
प्रत्यग्र frisch. 4.
प्रत्यय m. Vertrauen. 8.
प्रत्यहम् adv. täglich. IX.
प्रत्यादेश m. Zurückweisung. 92. abschlägige Antwort. 111.
प्रत्युत्त n. Antwort. 111.
प्रत्यूष m. Tagesanbruch. 31.
प्रथ् 1. Caus. verbreiten, verrathen. 25. p. berühmt. 24.
प्रथम erster. 2. 21. 91. 110. früherer. 17. adv. vorher, eben. 78.
प्रदीप m. Lampe. 67.
प्रदोष m. Abend, Nacht. VI.
प्रद्योत m. ein König von Ujjayinî. IV.
प्रधन n. Kampf. 48.
प्रबल heftig. 81.
प्रभव m. Ursprung, Geburtsort. 52.
प्रभा f. Schein, Glanz. 47.
प्रभेद m. das Oeffnen der Schläfen des Elephanten in der Brunstzeit. V.
प्रमुख vorangehend. प्रीतिप्रमुख freundlich, liebevoll. 4.
प्रयाण n. Reise, Fahrt. 13.
प्ररोह m. Trieb, Auswuchs. III.
प्रवाह m. Strom. 46.

प्रविरल selten, vereinzelt. XIII.
प्रवृत्ति f. Thun, Benehmen. XI. — Kunde, Nachricht. 4.
प्रवेश m. Eingang. 40.
प्रशमन n. Beruhigung, Linderung. 53.
प्रसर m. Vorschreiten, Bewegung. 92.
प्रसव m. Blüte. 65. 110.
प्रसविन् erzeugend. 62.
प्रस्थ mn. Bergebene. 58.
प्रस्थान n. Abreise. 41.
प्राची f. Osten. 86.
प्राण m. Athem. pl. Leben. XIV.
प्राणिन् lebendes Wesen, Mensch. 5.
प्रातर् früh, am Morgen. 110.
प्रापिन् wohin gelangend. 44.
प्राप्ति f. Erlangung. 55.
प्रायशस् adv. gewöhnlich. 10.
प्रायस् adv. gewöhnlich, meistens. 71. 90.
प्रायेण adv. gewöhnlich. 84.
प्रार्थना f. Verlangen, Wunsch. 31. 105. 112. XIV.
प्रालेय n. Schnee, Reif. 39.
प्रालेयाद्रि m. d. Gebirge Himavant. 57.
प्रावृष् f. Regenzeit. 112.
प्रासाद m. Palast. 64.
प्रिय lieb. 12. 74. 82. 96. II. IV. m. Geliebter, Gatte. 28. 67. f. Geliebte, Gattin. 7. 22. 81. n. Liebesdienst. 22. 112.
प्रियतम m. Liebster. 31. 67.
प्रीत freudig. 4.
प्रीति f. Freude. 62. Liebe. 4. 16. 32. 49. 87.

प्रेचण n. Blick. 79.
प्रेचित n. Blick. 40. 101.
प्रेमन् mn. Liebe. 44. 109.
प्रेरण n. Thun, Handlung. 67.
प्रौढ herangewachsen. 76. reichlich. 25.

फ

फल् 1. Frucht bringen. I.
फल n. Frucht. 18. 23. Erfolg. 16. XIV. Wirkung. 53. Lohn. 24. 30. 34.
फलक n. Brett, Fussgestell. 76.
फेन m. Schaum. 50.

ब

बत ach! weh! XIII.
बन्ध् 9. binden. 89. zusammenfügen, aufbauen. 73. anknüpfen. IX. umgeben. 76.
— आ zusammenfügen, bilden. 9.
बन्ध m. Band. 10. 67.
बन्धु m. Verwandter, Freund. 32. 49. 111. IV. Gattin. 6.
बर्ह mn. Schwanzfeder, Schweif. 15. 44. 101.
बलाक m. Kranich. 9. II.
बलि m. Darbringung, Opfer. 34. 55. 82. Handgriff. 35. N. eines Daitya. 57.
बहिस् ausserhalb (befindlich). IX.
बहु adv. wiederholt. 106.
बहुशस् adv. oft. 103.
बाध् 1. quälen. 53.
बाल jung. 65. 72. f. junge Frau. 80. XIII.

बाष्प m. Dampf, Thränen. 12.
बाह्य draussen befindlich. 7.
बिन्दु m. Tropfen. 35. II.
बिम्ब mn. Bild. 47. n. Frucht der Momordica monadelpha Roxb. 79.
बिस n. Lotusstengel. 11.
बुद्धि f. Empfindung. 112.
बुध् 4. erwachen.
— m. प्र dass. 87.
— m. विप्र dass. 108.
ब्रह्मावर्त m. N. eines Landstriches. 48.
ब्रू 2. sprechen. 98.

भ

भक्ति f. Ergebenheit, Verehrung. 36. 55. Anordnung, Bildung. 60. Zeichnung, Strich. 19.
भङ्ग m. Zerbrechen, Beschädigung. 54. Stück. III. s. भूभङ्ग ।
भङ्गी f. Absatz, Stufe. 60.
भज् 1. sich wohin begeben. 48.
भय n. Furcht. 45. 71.
भर्तृ m. Herr. 1. 33. 82. Gatte. 96. XIV.
भव m. Entstehung, Geburt. 45.
भवत् m. du. 9. 11. 12. 22. 27. 38. 43. 51. 54. 111.
भवन n. Haus. 32. 38. 77. 78. VI.
भवानी f. Çiva's Gattin. 36. 44.
भवितृ f. ई was sein wird. 59.
भानु m. Sonne. 34. 39.
भार m. Last. 79. Masse. 53. 101.
भाव m. Sein. 46. 91. Zustand. 82. Gesinnung. I.

भाविन् was sein wird (für das Fut.). 41. 56.
भास् f. Schein, Glanz. 78.
भास्वत् glänzend. VI.
भिद् 7. spalten, entfalten. 104. p. aufgebrochen (Blume). 23. durchbohren. 37. vermischen. 59. 62. 81.
भी 3. fürchten. Caus. भायय् erschrecken. 61.
भुज् 7. geniessen, benutzen. 19. s. गृहबलिभुज् und भोग्य ।
भुज m. Arm. 36. 58. 69. 94. 103.
भुजग m. Schlange. 60. 107.
भुवन n. Welt. 6.
भू werden, geschehen, sein. 3. 12. 17. 20. 21. 27. 28. 29. 30. 37. 49. 58. 59. 67. 80. 88. 90. 91. 94. 100. 104. 109. 112. II. IV. XI. XIII.
— m. प्र emporsteigen, sichtbar sein. 15. im Stande sein, vermögen. 11.
— m. सम् Caus. begrüssen. 97.
भू f. Erde, Erdboden. 18. 45. 46. 64. 84.
भूति f. Verzierung. 19.
भूमि f. Boden, Stockwerk. 68.
भूयस् ferner, weiterhin. 16. 108.
भूयो भूयस् immer wieder. 83. XII.
भूषण mn. Schmuck. X.
भृ 3. tragen. 81.
— नि p. ruhig, still. 82. अ॰ hastig. 67.
— m. सम् zusammentragen, ansammeln, anhäufen. 43. 91. 112.
भृगुपति m. Herr der Bhṛigus, Paraçurâma. 57.

॰भृत् tragend, Träger. 43.
भोग m. Genuss. 109. XV.
भोग्य zu erdulden. 1.
भ्रंश् m. Herabfallen. 2.
भ्रंशिन् herabfallend. 29.
भ्रम् 1. m. उट् wild umherlaufen. IV.
भ्रमर m. Biene. VI.
भ्रातृ m. Bruder. 10. 91.
भ्रुकुटि f. Verziehen der Brauen (aus Zorn). 50.
भ्रू f. Braue. 47. s. a. d. folg. W.
भ्रूभङ्ग m. Verziehen der Brauen. 24. 71.
भ्रूविलास m. Spiel mit den Brauen. 16. 92. 101.

म

मघवन् m. Indra. 6.
मणि m. Edelstein. 64. 76. III. VIII. s. a. सितमणि ।
मण्डन n. Schmuck. X.
मण्डप mn. Laube. 75.
मण्डल n. Kreis. 36.
मथित beschädigt. 80.
मद् ich.
— मद्॰ 22. 74. 77. 82. 83. 84. 85. 88. 100.
— अहम् 6. 8. 91.
— माम् 91. 96. 103. 109. XIII.
— मया 75. 86. 89. 91. 103. 104. 108.
— मम 93. 98. 110.
— मे 7. 13. 72. 76. 80. 102. 105. 107. 108. 111. 112.
— मयि 80. 91. 94. 109. 112.
— आवाम् 107.
— नौ 102.

मद् 4. m. उद् p. berauscht. VI.
— m. प्र p. nachlässig, unaufmerksam. 1.
मद m. Liebesrausch. 31. Brunstsaft. 20.
मदिरा f. geistiges Getränk. 75.
मदीय mein. 93.
मधु n. berauschendes Getränk. 66. 92. X.
मधुकर m. Biene. 35. 47.
मधुर süss, lieblich. 82. adv. 9. 56.
मध्य mn. Mitte. 18. 46. 76. Taille. 79.
मन् 4. wissen. 71. vermuthen. 80. Caus. ehren. 45. II.
— m. अभि p. erwünscht, angenehm. 49. XV.
मनस् n. Gemüth, Herz. 91. XIV.
मन्द langsam. 9. sanft, schwach. 77. 105.
मन्दाकिनी f. N. eines Armes der Gangâ. VIII.
मन्दाय् zögern. 38.
मन्दार m. ein Baum, Erythrina indica. 70. 72. VIII.
मन्द्र dumpf, tief. 34. 96.
मन्मथ m. der Liebesgott. 71.
°मन्य s. सुभगम्मन्य ।
°मय f. ई gemacht 'aus, bestehend aus. 4. 64. 66. 90.
मयूख m. Strahl. III.
मयूर m. Pfau. 44.
मरकत n. Smaragd. 73. III.
मरुत् m. Wind. 5. 33. VIII.
मलिन schmutzig. 83.

महत् f. ई gross, lang. 86. hoch, mächtig. I.
महाकाल m. ein Tempel Çiva's. 34.
महिमन् m. Kraft. 1.
मही f. Erde, Erdboden. 11.
मा nicht! 37. 94. 106. 109. 112. मा स्म 27.
मा 3. messen.
— m. उप vergleichen. p. Fut. Pass. 52.
— m. परि p. परिमित beschränkt, wenig. 80.
°मात्र n. nur. 49. 86. 94. III.
माधवी f. eine Rankenpflanze, Gaertnera racemosa. 75.
मानस n. N. eines Sees. 11. 62. 73.
मानिन् f. ई stolz, spröde. 95.
मार्ग m. Weg. 13. 21. 45. 62. 70. 73. 87. 99.
माल m. N. einer Gegend. 16.
मालती f. Jasmin, Jasminum grandiflorum Lin. 95.
माला f. Kranz, Reihe. 9.
मास m. Monat. 2. 84. 107.
मित्र n. Freund. 17. 96.
मिथुन n. Paar. 18.
मीन m. Fisch. 92.
मील् 1. Caus. schliessen (d. Augen). 107.
मुकुल mn. Knospe. 21.
मुक्त p. मुच् । — f. आ Perle. 46. 63. 70. 93. 103.
मुख n. Mund. 43. 100. Antlitz. 24.

Wörterbuch.

26. 48. 81. XIII. s. उद्मुख und उन्मुख ।
मुखपट m. Schleier. 62.
मुखर geschwätzig. 37. VI.
मुच् 6. entlassen, vergiessen. 12. 21. von sich geben. 54. verlassen. 93. XI. niederlegen. 84. freilassen. 45. entblössen. 41. Caus. vergiessen machen. 90.
— m. आ werfen, richten (d. Blick). 35.
मुद् 1. m. प्र p. erfreut. XIV.
मुरज m. Trommel. 56. 64.
मुष् 9. stehlen, sich aneignen. 47.
मुष्टि f. Handvoll. 67. VIII.
मुह् 4. p. मुग्ध verwirrt. 14. मूढ dass. 67.
मुहुस् adv. wiederholt. 102.
मुहूर्त mn. Augenblick. 19.
मूर्छना f. Melodie. 83.
मूर्ति f. Leib, Gestalt. 45.
मूर्धन् m. Kopf, Haupt. 17.
मूल mn. Wurzel, unterer Theil. 76. 86.
मृग m. Gazelle. 92. Moschusthier. 52.
मेखला f. Gürtel, Abhang. 12.
मेघ m. Wolke. 2. 3. 5. 43.
मेचक dunkelfarbig. 59.
मैत्री f. Freundschaft, nahe Berührung. 31.
मैथिली f. Râma's Gattin, Sîtâ. 97.
मोच m. Befreiung. 61. Losbindung. 96.
मोघ vergeblich, fruchtlos. 6. 40.
अमोघ nicht verfehlend (d. Ziel). 71.
मौलि mf. Diadem. 55.

य

यच m. N. einer Klasse von Halbgöttern. 1. 7. 66. 67. XIV.
यत् 1. m. आ p. आयत्त abhängig. 16.
यत्न m. Bemühung. 54.
यत्र wo. 13. 31. 48. 64. 65. 67. 69. 70. 71. IV — IX.
यथा wie. 9.
यद् welcher, wer. 8. 11. 12. 15. 17. 25. 29. 44. 49. 50. 54. 55. 57. 58. 63. 66. 68. 72. 73. 76. 79. 86. 89. 91. 96. 100. 104. III. X. — यदपि wenn auch. 27.
यदि wenn. 27. 60. 61. 94. ob. 104.
यन्त्रधारागृह n. ein Haus mit einem künstlichen Wasserstrome, einer Dusche. °त्व n. Abstr. 61.
यम् 1. Caus. (die Fingernägel) säubern, beschneiden. 89. XII.
— m. अभ्युद् p. beschäftigt mit, begriffen in. 57.
— m. नि p. fest, bestimmt. 43.
यमुना f. N. eines Flusses. 51.
यशस् n. Ruhm. 57. IX.
यष्टि f. Stange. 76.
या 2. gehen. 33. gelangen, gerathen. 18. 93. — Caus. यापय् hinbringen. 86.
— m. प्रत्युद् entgegengehen. 22.
याच् 1. bitten, anflehen. 5. 111.
याज्ञा f. Bitte. 6.
याम m. Nachtwache, drei Stunden. 94. 105.

यावत् adv. bis. 34. während. 102.
यियासु zu gehen wünschend. 22.
युज् 7. verbinden. 24.
— m. उप geniessen. 13.
— m. विप्र p. getrennt. 2.
— m. वि p. getrennt. 98.
— m. सं Caus. vereinigen. XV.
युवति f. Mädchen, junge Frau. 33. 61. 72.
यूथिका f. Jasminum auriculatum. 26.
योग्य geeignet. X.
योध m. Krieger. V.
योषित् f. Frau. 37. 39.
यौवन n. Jugend. 25.' VII.

र

रक्त roth. 36. 75. lieblich (singend). IX.
रक्ष् 1. schützen, retten. XIV.
रक्षा f. Schutz, Rettung. 43.
रघुपति m. Herr der Raghus, Râma. 12.
रच् 10. verfertigen, bilden. 74. VI. verzieren. 66. ausstellen. III.
— m. वि bilden, gestalten. 19. 60. ordnen, zusammenfügen. 83. 100.
रचना f. Bewerkstelligung, Bildung. 50.
रज् 1. m. सम् p. entzückend (durch Gesang). 56.
रजस् n. Blütenstaub. 33. 65.
रत n. Liebesgenuss. 86.
रति f. Wollust, Liebesgenuss. 25. 66.
रत्न n. Edelstein. 15. 35. 67.
रन्तिदेव m. N. eines Königes. 45.
रन्ध्र n. Höle. 42. Spalte. 57.

रभस m. Hast, Ungestüm. 54.
रम् 1. sich ergötzen. 27. Caus. ergötzen. IV. liebkosen. 108.
— m. नि p. sich ergötzend. 33.
— m. वि aufhören. अविरत unaufhörlich. 99.
रमण m. Liebhaber, Gatte. 37. 84.
रम्य angenehm, lieblich. 42. 78. VI.
रय m. Strom. 20.
रव m. Ton. XIV.
रशना f. Gürtel. 35. VI.
रस m. Saft. 14. 93. Wasser. 28. Geschmack. 49. 66. Verlangen. 109.
राग m. Farbe. 32. 102. X. Liebe, Verlangen. 67.
राजधानी f. Königsstadt. 24.
राजन् m. König. 50. IV.
राजन्य m. Königssohn, Kshatriya. 48.
राजराज m. Kubera. 3.
राजहंस m. Flamingo. 11.
राचि f. Nacht. 38. 85. 86. XI.
राध् 4. m. आ Caus. geneigt machen. 45.
रामगिरि m. N. eines Berges. 1. 98.
राशि m. Haufe, Fülle. राशीभूत zu einem Haufen vereinigt. 58. प्रेमराशीभू zu einer Fülle von Liebe werden. 109.
रिक्त leer. 2. 20.
रुच् f. Glanz. 44.
रुचि f. Glanz. 15. V.
रुजा f. Zerbrechen. 26.
रुद् 2. weinen. 108.

Wörterbuch.

रुदित n. Weinen. 81.
रुध् 7. festhalten. 10. hemmen, hindern. 37. 39. 88. 92. versperren. 99.
रुह 1. wachsen. VIII. hervorwachsen. 21.
— m. आ hinaufsteigen. 8. 16. 18.
°रुह wachsend. 29. s. कररुह ।
रूप n. Gestalt. 6. 80.
रेवती f. N. der Gattin Balarâma's. 49.
रेवा f. der Fluss Narmadâ. 19.
रोधस् n. Ufer. 41.

ल

लच् 10. erkennen. 77.
— m. सम् erblicken. Pass. erscheinen. III.
लचण n. Merkmal. 77. Name. 24.
लच्मी f. Schönheit. 32.
लच्य erkennbar. 72. n. Ziel. 71.
लग्न hängend an. 50. 108.
लघु schnell. 16. leicht. 20.
लङ्घ् 1. Caus. überspringen. 54.
— m. उद् zurücklegen (einen Weg). 45.
लता f. Schlingpflanze. 47. 94.
लभ् 1. erreichen, erlangen. 6. 24. 34. 40. 61. 94. 103.
लम्ब् 1. herabsinken. 41.
— m. अव sich stützen. 106.
— m. व्या sich herabsenken. 45.
लम्ब herabhängend. 81. 88.
लम्बिन् hängend an. 51.
ललित lieblich, reizend. 32. 64.
लव m. Tropfen. 21. 69. 90. XII.

लस् 1. m. वि schimmern, spielen. 47.
विलसित n. Glanz, Spiel. 78.
लाचा f. Lack. X.
लाङ्गलिन् m. Pflugträger, N. Baladeva's. 49.
लिख् 6. zeichnen, malen. 77. 82.
— m. आ dass. 102. vgl. आलेख्य ।
लिङ्ग् 1. m. आ umarmen, umfassen. 12. 104.
ली 9. m. अभि sich anschmiegen. 36.
लीला f. Spiel. 35. 65.
लुप् 6. m. आ vernichten. 102.
— m. व्या dass. 69.
लेखा f. Streifen. 44.
लेश m. Tropfen. 103.
लोचन n. Auge. 16. 27. 49. 100. 107.
लोध्र m. ein Baum, Symplocos racemosa Roxb. 65.
लोभ m. Verlangen. 100.
लोल beweglich. 27. begierig. 61. 100.

व

वंश m. Rohr. 76. Stamm, Geschlecht. 6.
वक्त्र n. Antlitz. 50. 101.
वक्र krumm. 27.
वच् 2. sprechen. 91. 95.
— m. प्रति p. प्रत्युक्त n. Antwort. 111.
वचन n. Wort, Rede. 4. 28. 82. 95. 98.
वचस् n. Wort. 110.
वञ्च् 1. Caus. betrügen. 27.
वत्स m. Name eines Landes. IV.
वद् 1. sagen. XIII.
वदन n. Mund. 75. Antlitz. 39.

वधू f. Frau. 16. 19. 47. 65. XIV.
वन n. Wald. 17. 36. IV. vgl. गुरवण।
वनगज m. wilder Elephant. 20.
वनचर m. Waldbewohner. 19.
वनान्त m. Waldgegend. 23.
वनिता f. Geliebte, Mädchen, Frau. 8. 32. 58. 64. IX.
°वन्त् Suff. habend. 11. 64. VI.
वन्द्य zu preisen. 12.
वपुस् n. Körper. 15. 32. 60. Gestalt. 77.
वप्रक्रीडा f. Spiel mit einem Erdhaufen. 2.
वम् 1. von sich geben, ausspeien. 20.
वयस् n. Lebensalter. VII.
वर bester. XIV.
वरम् .. न .. besser als. 6.
वर्ण m. Farbe. 18. 46. 49. 81.
वर्तिन् sich befindend. 99. begriffen in, ausführend. 112.
वर्त्मन् n. Weg, Pfad. 16. 39. 57.
वर्ष mn. Regen. 35. Jahr. 1.
वलभि f. Dachstuhl, First. 38.
वलय mn. Armband. 2. 60. 61. 76. Einfassung. s. d. folg. W.
°वलयिन् eingefasst. 44.
वल्मीक n. N. eines Berggipfels. 15.
वश m. Wille, Befehl. 6.
वस् 1. wohnen. 71.
— m. अधि bewohnen, verweilen. 25.
— m. प्र p. प्रोषित verreist, in der Fremde weilend. 96.
वसति f. Aufenthalt, Wohnung. 1. 7. 37. 43. 73.

वसन mn. Gewand, Kleid. 41. 83.
वसुधा f. Erde. 42.
वस्तु n. Gegenstand. 109.
वह् 1. tragen. 17. 52. 63. 71. I. Caus. zurücklegen (einen Weg). 38.
°वह s. ऋतवह ।
वा oder. 54. 106. वा .. वा entweder .. oder. 82. 83. 84. 112. wie. 80.
वा 2. wehen. 42.
वाच् f. Rede, Stimme. XIV.
वाचाल geschwätzig, prahlend. 91.
वात m. Wind. 31. 62. 104.
वातायन n. Fenster. 85. XI.
वानीर m. Rohr, Calamus Rotang Lin. 41.
वापी f. Teich. 73.
वाम schön. 75. link. 9. 93.
वायु m. Wind. 42. 53.
वारमुख्या f. Buhldirne. IX.
वारि n. Wasser. 53.
वार्त्ता f. Nachricht. XV.
वाल mn. Schweif. 53.
वास m. Aufenthalt, Wohnung. 76.
वासर n. Tag. XIII.
वासव f. इ Indra gehörig. 43.
वासस् n. Gewand. 59. X.
वासित parfümirt, duftend. 20.
वाह m. Pferd. V.
विकच aufgeblühet. 73.
विकल mangelhaft. s. अविकल ।
विकल्प m. Mannichfaltigkeit. X.
विक्लब schüchtern. 37.
विगम Weggehen, Verschwinden. 55. 76

विजय m. Besiegung. 56.
वित्तेश Herr der Reichthümer, Kubera. VII.
विद् 2. wissen, kennen, erkennen. 6. 96. 109.
विदिशा f. N. einer Stadt. 24.
विद्युत् f. Blitz. 27. 38. 78. 95. 112.
विद्युत्वन्त् mit Blitzen versehen. 64.
विद्रुम mn. Koralle. III.
विधवा f. Wittwe. s. अविधवा ।
विधि m. Verfahren, Mittel. 22. Schicksal. 6. 99.
विधुर bekümmert. 8. getrennt. 112.
विनयन vertreibend. 52.
विनोद m. Ergötzung, Unterhaltung. 84. 85.
विन्ध्य m. N. eines Gebirges. 9.
विपणि f. Kaufladen, Markt. III.
विप्रयोग m. Trennung. 10. 112. VII.
विफल vergeblich. 67.
विबुध m. Gott. IX.
विभ्रंशिन् herabfallend. 70.
विभ्रम m. Schäkerei, Spiel, Coquetterie. 28. 47. 71. X.
विमान mn. Palast. 63. 68.
विमुख sich abwendend. 17. 27. 49. ablassend von. 94.
वियोग m. Trennung, Abwesenheit. 77. 85. 105.
विरह m. Trennung. 1. 8. 12. 29. 82. 84. 86. 89. 91. 107. 109. 110.
विलसन n. Spiel. 38.
विलसित n. s. लस् ।

विलास m. Spiel. 16. 92. 101.
विश् 6. eingehen. 99.
— m. निस् geniessen. 62. 107. IX.
— m. प्र eindringen. 87.
विशद klar, hell, rein. 40. 51. 58. 62. 69.
विशाल gross, reich. 30. f. आ N. der Stadt Ujjayinî. 30.
विशेष m. besondere Eigenschaft. 64. sehenswerther Gegenstand. 57.
विश्राम m. Ausruhen. 25.
विश्वासिन् vertrauend. s. अ० ।
विषम uneben, rauh. 19. 89. XII.
विषय m. Bereich. 34. 79. 100.
विष्णु m. Vishṇu. 15. 57.
विस्तार m. Ausdehnung, Raum. 18.
विहग m. Vogel. 28.
वीचि mf. Welle. 28. 101.
वीणा f. Laute. 83.
वीणिन् eine Laute habend. 45.
वृ 5. Caus. abwehren. VIII.
— m. वि entblössen. 41.
वृक्ष m. Baum. 72. vgl. कल्पवृक्ष ।
वृज् 7. m. आ Caus. herabwenden. 46.
वृत् 1.
— m. प्रत्या zurückkehren. 39.
— m. नि dass. 110.
— m. सन्नि sich umwenden. 87.
— m. प्र sich fortbewegen. 104.
वृति f. Einzäunung. 23. 75.
वृत्ति f. Zustand, Stimmung. 3. 90. Thätigkeit. VI. Leben. 8.
वृध् 1. p. alt, Greis. 30. Caus. aufziehen, pflegen. 72.

श्रि 1. m. उद् p. उच्छून geschwollen. 81.

ष
षट्पद् m. Biene. 71.

स
स im Anfange von Compos. 1) = सह begabt mit, begleitet von. In Adj. u. Adv. 9. 14. 22. 24. 33. 62. 64. 71. 85. 87. 93. 95. 99. 108. 110. II. XV.
2) = समान s. सवर्ण 18.
संयुग m. Schlacht. V.
संयोग m. Vereinigung. 12. 88. VII.
संरभ m. Zorn. 54.
संरोध m. Hinderniss. 69.
संवाहन n. Reiben, Streicheln. 93.
संश्रय m. Zuflucht. 17.
संस्कार m. Schmücken. 32.
संस्थ sich aufhaltend. 3.
सकल ganz, vollständig. 81. X.
सकृत् einmal. s. असकृत् ।
सखि m. °सख Freund. 15. 22. 41. 61. 71. 74.
सखी f. Freundin. 75. 85. 91. 100. 110. XI.
सगन्ध übermüthig. 9.
सगर m. N. eines Königs v. Ayodhyâ. 50.
सङ्कल्प m. Vorstellung, Wunsch. 99.
सङ्ग m. Vereinigung. 84.
सङ्गम m. Zusammenkommen. 51. 97. 102.

सङ्गीत n. Concert. 56. 64.
सङ्घृष्ट m. Reiben. 53.
सजल voll Wasser, feucht. 22.
सज्ज् m. सं p. संसक्त haftend, hängend. XIII.
सत् gut. 111. I.
सततगति m. der immer gehende, Wind. 68.
सद् 1. 6. 10. m. आ nahe kommen. 34. II. p. आसन्न nahe. 23. 92. XI.
— m. प्रत्या dass. 4. 75.
— m. नि sich setzen, sich niederlassen. p. निषण्ण 52. 78.
— m. प्र p. klar, freundlich. 40.
सदय mitleidig. XV.
सदृश ähnlich. 10.
सदन n. Haus. 85.
सद्यस् adv. schnell, plötzlich. 10. 24. 68. 78. 94. XV. so eben. 16. 59. 104.
सनाथ versehen mit, begleitet von. 95.
सन्दर्शन n. Erscheinung. 103.
सन्देश m. Botschaft. 5. 7. 13. 85. 96. XIV.
सन्धि m. Verbindung, Festigkeit. 58.
सन्ध्या f. (Abend-) Dämmerung. 34.
सन्निपात m. Zusammenfügung, Aggregat. 5.
सपदि adv. schnell, plötzlich. 51. 54.
समम् zugleich mit. 95.
समय vollständig. 56.
समधिकतरम् in noch höherem Grade. 99.
समय m. Zeit. II.
समर mn. Kampf. 49.

समर्थ im Stande. 41.
समीप n. Nähe. 96.
सम्पद् f. Glück, Wohlstand. 53.
सम्पर्क m. Berührung. 25. Beimischung. 42.
सम्भोग m. Liebesgenuss. 93.
सम्भ्रम m. Eile, Hast. II.
सरल m. Fichte, Pinus longifolia. 53.
सरस saftig, frisch. 14. 93.
सरित् f. Fluss. 40.
सर्व all, jeder. 20. 90. 105.
सलिल n. Wasser. 5. 29. 39. 41. 62. 63. 83. 87. 88.
सलिलनिधि m. Meer. III.
सवर्ण von gleicher Farbe. 18.
सवितृ m. Sonne. 70.
सह् 1. dulden. 102. ausharren. 94.
सह mit. 75. X.
सहचर m. Gefährte. 80. 98. f. ई II.
सहस्र n. Tausend. 53.
सहाय m. Begleiter. 11. 66. IX.
साचात् adv. sichtbar, leibhaftig. 71.
सादृश्य n. Aehnlichkeit, Bild. 82. 101.
साधु f. ई gut, edel, treu. 77. 85. adv. geschickt. 17.
साध्य heilbar. VII.
सानु mn. Hochebene, Gipfel. 2. 78.
सानुमत् m. Berg. 17. 1.
सान्ध्य der Dämmerung angehörend, abendlich. 36.
सार m. Mark, Kraft. n. Wasser. 20.
सारङ्ग m. der Vogel Câtaka, Cuculus melanoleucus. 21.

सारस m. Kranich, Ardea Sibirica. 31.
सारस्वत dem Flusse Sarasvatî angehörend. 49.
सारिका f. Drossel, Turdus salica. 82.
साधेम् mit. 85. IX.
सास्र thränenreich. 99.
सिकता f. Sand. VIII.
सिच् 6. benetzen. 26. XIII.
सितमणि m. Krystall. 66.
सिद्ध m. eine Art Halbgötter. 14. 45. 55. II.
सिध् 4. vollzogen werden. 71.
सिन्धु f. Fluss. 46. N. eines Flusses. 29.
सिप्रा f. N. eines Flusses. 31.
सीमन्त mn. Scheitel. 65.
सीमन्तिनी f. Frau. 97.
सीर m. Pflug. 16.
सुकृत n. Wohlthat. 17.
सुख angenehm. 35. 60. n. Wonne. 94. XV. Freude, Glück. 106.
सुखय् denom. erfreuen, trösten. 85.
सुखिन् glücklich. 3.
सुचरित n. gutes Werk. 30.
सुभग lieblich, schön, glücklich. 9. 11. 24. 28. 29. 40. 42. 76.
सुभगम्मन्य sich für glücklich haltend. 91.
सुर m. Gott. 51. 61.
सुरत n. Liebesgenuss. 31. 69.
सुरपति m. Herr der Götter, Indra. 72.
सुरभि wohlriechend, duftend. 16. 21. 22. 31. 104. XIII. f. Name einer

himmlischen Kuh, der Mutter aller Kühe. 45.
सुरभित duftend gemacht. 52.
सुरयुवति f. Göttermädchen. 61.
सुहृद् Freund. 38. 76. 97.
सू 2. erzeugen. X.
— m. प्र dass. 66.
सूच् 10. anzeigen, verrathen. 21. 70.
सूचि f. Nadel. 37. Spitze einer Knospe. 23.
सूच n. Schnur. 70.
सूर्य m. Sonne. 38. 77. XIII.
सृ 1. gehen, wehen. 53. Caus. entfernen. 89. XII. bewegen, rühren. 83.
— m. अनु hinzugehen. 30. 57.
सृप् 1. gehen.
— m. सम् dahin gehen. 28. 51.
सृष्टि f. Schöpfung. 79.
सेव् 1. verehren. 9. 49. VIII.
— m. आ geniessen. 66.
सो 4. स्यति p. सित ।
— m. व्यव sich zu etwas entschliessen. 22. 111.
सोपान n. Treppe. 50. 73.
सोपानत्व n. Zustand einer Treppe.
°त्वं व्रज् zu einer Treppe werden. 60.
सौदामनी f. Blitz. 37.
सौध m. Palast. 27.
सौभाग्य n. Glück. 29.
सौम्य schön, gut, freundlich. 49. 83. 97. 111.
सौहार्द n. Freundschaft. 112.
स्कन्द m. N. des Kriegsgottes. 43.

स्कन्ध m. Baumstamm. 53. Pfosten. IV.
स्खलित n. Straucheln. 28.
स्तन mn. weibliche Brust. 18. 70. 79.
स्तनित n. Donner. 24. 28. 37. 94. 95. II.
स्तबक m. Blumenbüschel. 72.
स्तम्भ् 1. Caus. festhalten, hemmen. 60.
स्तम्भ m. Stamm. 93.
स्तिमित unbewegt, ruhig. 36. 59. 95.
स्तोकम् ein wenig, etwas. 79.
स्त्री f. Frau. 25. 28. 31. 66. 69.
°स्थ stehend, sich befindend. 82. 85. 98. 101. XI.
स्थल n. Boden. XIII. Söller. 66.
स्थलकमलिनी f. eine Gruppe von Hibiscus mutabilis. 87.
स्थलीदेवता f. Gottheit des Ortes. 103.
स्था 1. stehen, verweilen. 3. 7. 19. 34. 58. V. XIV. Caus. feststellen, bestimmen. 84.
— m. उद् aufstehen. 107. Caus. 95.
— m. प्र aufbrechen, weiter gehen. 27.
स्थान n. Stelle, Ort. 14. 51.
स्थायिन् verweilend. 23.
स्थिर fest, dauernd. 55.
स्थूल gross, massiv. 14. 46. 103.
स्ना 2. Caus. स्नपय् baden, begiessen. 43.
स्नान n. Baden. 1. Waschen. 88. Wohlgerüche. 33.
स्निग्ध ölig. 59. weich, glatt. 18. glänzend. 37. 73. lieblich. 64. 96. zärtlich. 16. XI. dicht. 1.

Wörterbuch. 73

स्नेह m. Oel. 92. Zuneigung, Liebe. 12. 91. 109.
स्पन्दिन् zitternd. 92.
स्पर्धिन् wetteifernd. V.
स्पर्श m. Berührung, Gefühl. 60. 89. 100.
स्पृश् 6. berühren. 68. 104.
स्फटिक m. Krystall. 51. 62. 76.
स्फुट् 1. 6. aufblühen. 31.
स्फुट deutlich, hell. 69.
स्फुर् 6. zittern, blinken. 15. 74.
स्फुरण n. Blinken, Flackern. 27.
स्म Expletiv, hinter मा 27.
स्मृ 1. sich erinnern, gedenken. 74. 82.
— वि vergessen. 83. 92.
स्यन्दिन् austriefen lassend. 69.
स्रंस् 1. herabfallen. p. स्रस्त 63.
स्रुति f. Ausfliessen. 104.
स्रोतस् n. Fluss, Strom. 13. 45. 51. Sinneswerkzeug (vom Rüssel des Elephanten). 42.
स्व eigen, sein. 1. 4. 54. 77. XIV. dein. 95.
स्वप् 2. schlafen. p. सुप्त 38. 87. XI.
स्वप्न m. Schlaf, Traum. 88. 94. 103. 108.
स्वयम् selbst. 83.
स्वर m. Laut, Stimme. 108.
स्वर्ग m. Himmel. 50.
स्वर्गिन् m. Bewohner des Himmels. 30.
स्वल्प sehr klein. स्वल्पीभूत sehr klein geworden, fast erschöpft, aufgezehrt. 30.

स्वागत n. Willkommen. 4. 22.
स्वाद् 10. m. आ kosten, geniessen. 84.
स्वादु süss. n. Süssigkeit. 24.
स्विद् s. किं स्विद् unter किम् ।
स्वेद m. Schweiss. 26.

ह

हंस m. Gans, Schwan. 23. 57. 73. VI.
हन् 2. schlagen, tödten.
— m. आ schlagen (eine Trommel) 66.
— m. प्र dass. 64.
— m. प्रति hemmen, hindern. 20. VI.
— m. वि dass. 10.
हन्त ach! 101.
हय m. Pferd. V.
हर m. Çiva. 7. 44.
हरिण m. ई f. Reh. 79. 101.
हरित grün. 21.
हर्म्य n. Palast. 7. 32. 66.
हलभृत् m. Pflugträger, Balarâma, Krishna's älterer Bruder. 59.
हस् 1. lachen. m. वि verlachen. 50.
हस्त m. Hand. 35. 50. 60. 65. 72. 81. 93. Rüssel. 14.
हा 3. verlassen, aufgeben. 49. beseitigen. 60. 89.
— m. वि verlassen. 41.
हार m. Perlenschnur. 70. III. XII.
हाला f. berauschendes Getränk. 49.
हास m. Gelächter. 54.
हि denn, ja. 5. 10. 20. 23. 43. 53. 82. 84. 98. 111. XI.
हि 5. m. प्र senden. 71. 110.

हित angenehm, lieblich. XIV.
हिमांशु m. Mond. 86.
हुतवह m. Agni, Gott des Feuers. 43.
हृ 1. bringen. 7. forttragen. 14. mitnehmen. 30. wegnehmen. 39. 41. rauben. IV. aufhören machen. 31. 36. Caus. machen dass etwas genommen, gebracht werde. 4.
— m. व्या aussprechen. 4.
— m. परि vermeiden, widerlegen. 14.
— m. वि lustwandeln. 60.
हृदय n. Herz. 10. 77. 84. 96. 97. XV.
हृष् 4. sich freuen. XV.
हेतु m. Ursache. 3. हेतोः = अर्थम् causa. 25. 43. 78. 103.
हेम n. Gold. 62.
हेम golden. 73. IV.
ह्री f. Scham. 67.

Druckfehler.

S. 4. Z. 2. वक्ष्री॰
„ „ „ 13. परिणत॰
„ 8 „ 17. तस्मि॰
„ „ „ 18. प्रणयिभि॰
„ 11 „ 16. ॰ङ्गार्ति॰
„ 12 „ 7. निह्रा॰

S. 12. Z. 15. शृङ्गोट्क्रा॰
„ 13. „ 5. ॰चट्टनोद्वीर्ण॰
„ „ „ 20. तुलयितुम॰
„ 18. „ 20. ॰वेणीं
„ 23. „ 4. प्रातःकुन्द॰
„ 36. „ 21. S (statt F).